Pequena viagem
pelo mundo da arte

HILDEGARD FEIST

DE ACORDO COM AS
NOVAS
NORMAS
ORTOGRÁFICAS

2ª edição
2003

MODERNA

COORDENAÇÃO EDITORIAL: Lisabeth Bansi
COORDENAÇÃO DE PRODUÇÃO GRÁFICA: Fernando Dalto Degan
COORDENAÇÃO DE REVISÃO: Estevam Vieira Lédo Jr.
REVISÃO: Ana Maria C. Tavares, Eliana A. R. S. Medina, Liduína Santana
EDIÇÃO DE ARTE: Ricardo Postacchini
PROJETO GRÁFICO: Ricardo Postacchini e David Urbinatti Netto
DIAGRAMAÇÃO: David Urbinatti Netto
COORDENAÇÃO DE PESQUISA ICONOGRÁFICA: Vera Lúcia da Silva Barrionuevo
PESQUISA ICONOGRÁFICA: Maria Magalhães
As imagens com a sigla CID foram fornecidas pelo Centro de Informação e Documentação da Editora Moderna
ILUSTRAÇÕES DE CAPA E MIOLO: Rogério Borges
CAPA: Ricardo Postacchini
COORDENAÇÃO E TRATAMENTO DE IMAGENS: Américo Jesus
SAÍDA DE FILMES: Helio P. de Souza Filho, Marcio Hideyuki Kamoto
COORDENAÇÃO DE PRODUÇÃO INDUSTRIAL: Wilson Aparecido Troque
IMPRESSÃO E ACABAMENTO: Bercrom Gráfica e Editora
LOTE: 777486
COD: 12035603

Dados Internacionais de Catalogação na Publicação (CIP)
(Câmara Brasileira do Livro, SP, Brasil)

Feist, Hildegard
    Pequena viagem pelo mundo da arte / Hildegard
Feist. — 2. ed. — São Paulo : Moderna, 2003
(Coleção desafios)

    Bibliografia.

    1. Arte - Estudo e ensino 2. Arte - História
3. História (Ensino fundamental) I. Título.
II. Série.

03-0039   CDD-372.5

Índices para catálogo sistemático:
1. Artes : Ensino fundamental
372.5

ISBN 85-16-03560-3

EDITORA MODERNA LTDA.
Rua Padre Adelino, 758 – Belenzinho
São Paulo – SP – Brasil – CEP 03303-904
Vendas e Atendimento: Tel. (011) 2790-1300
Fax (011) 2790-1501
www.modernaliteratura.com.br

2023

Impresso no Brasil

1   3   5   7   9   10   8   6   4   2

Apresentação

Vamos ficar juntos durante algum tempo, conversando um pouco sobre essa coisa chamada arte. Todo mundo fala sobre ela, mas defini-la que é bom...

Bem que poderíamos tentar, você não acha? Estou dizendo "poderíamos" porque, primeiro, não é muito fácil e porque, segundo, proponho chegarmos lá juntos, encontrarmos juntos um meio de formular uma definição que seja, no mínimo, razoável.

Depois que conseguirmos isso, vamos fazer uma pequena viagem — no tempo e no espaço. Vamos visitar as cavernas da pré-história, onde a arte nasceu há milhares de anos. Vamos conhecer palácios e templos de antigos impérios poderosos que já não existem, mas que, felizmente, nos deixaram boa parte de seus tesouros artísticos. Vamos passear pelo mundo mágico do cinema e do teatro, dos museus e das bibliotecas. Vamos dar um rápido giro por vários países e uma boa caminhada pelas ruas e praças de nossa própria cidade, onde sempre temos o que admirar.

Durante nosso breve trajeto por alguns dos caminhos desse mundo imenso e maravilhoso conversaremos muito, tentando esclarecer certos conceitos básicos e procurando refletir um pouco sobre esta coisa grandiosa, linda, misteriosa e gratificante que se chama arte.

Vamos lá?

Sumário

Afinal, o que é arte?

Você já pensou que muitas vezes uma única palavra quer dizer várias coisas, tem muitos significados? Tudo depende do contexto, ou seja, da situação, e às vezes até do tom em que se fala.

A palavra "fera", por exemplo. Se abrir o dicionário, você vai ver que fera é um animal selvagem, violento, que vive afastado do homem e da civilização (ou preso no zoológico). Tudo isso é verdade, claro.

Mas de repente você escuta alguém contar um caso: "Pois é, o Antenor virou uma fera quando bateram no carro dele". Isso não quer dizer que o tal Antenor se transformou num animal selvagem, violento, e tudo o mais. E você logo entende que nessa situação, ou nesse contexto, "fera" quer dizer "furioso", ou "muito bravo" — algo assim.

Quando Ayrton Senna ganhou a Fórmula 1 (e isso aconteceu três vezes), todo mundo falou que ele era uma "fera". Um bicho selvagem? Não! Um ás do volante, um grande campeão, um constante vencedor.

A essa altura de nossa conversa você deve estar se perguntando: "Mas eu comprei um livro para entender o que é arte, e essa autora vem me falar dos vários sentidos da palavra 'fera'? O que é que tem a ver?".

Nada. E muito. Porque o que eu quero aqui é justamente fazer você pensar nos vários significados que uma palavra pode ter conforme o contexto, para então lhe dizer que sob esse aspecto a palavra "arte" é campeã.

Quer ver?

Uma palavra, muitos sentidos

Quando eu era menina (e isso faz muito, muito tempo) e aprontava alguma, minha mãe dizia: "Mas essa moleca vive fazendo arte". Que tipo de "arte" eu fazia? Subia em árvore e lá de cima ficava infernizando a vida do cachorro. Descia ladeira de bicicleta com os braços abertos e os pés no guidão. Escondia os óculos de meu pai bem na hora em que ele ia ler o jornal… Esse tipo de coisa que você conhece muito bem.

Então eu pergunto: nesse contexto qual é o significado da palavra "arte"? Você disse "travessura" ou algo parecido? Pois acertou. Porque a arte, aquela arte que vamos tentar definir, tem alguma coisa em comum com travessura.

Travessura envolve imaginação, criatividade: para aprontar uma boa mesmo é preciso pensar, dar asas à fantasia, inventar. Porque não tem graça nenhuma ficar repetindo sempre as mesmas molecagens. Também é preciso ter coragem, coragem de inventar e de fazer, de quebrar a rotina, de ser diferente, ao menos por alguns instantes. E o prazer que isso dá é enorme: antes, quando a gente inventa a travessura; durante, quando a põe em prática; e depois, quando se lembra dela. Quantos sentimentos estão em jogo, antes, durante e depois: medo, ansiedade, dúvida, alegria, remorso, saudade…

É isso que a arte tem em comum com a travessura: ela também requer imaginação, envolve ousadia, dá prazer, desperta os mais variados sentimentos.

Vamos ver outro exemplo. Você precisa fazer uma pesquisa sobre o doutor Albert Sabin, aquele cientista que descobriu a vacina contra a poliomielite, também conhecida como paralisia infantil. E encontra numa enciclopédia a seguinte frase: "Sabin foi um dos grandes nomes que contribuíram para enobrecer ainda mais a arte da medicina".

Epa! O que "arte" quer dizer nesse contexto? Mais ou menos isto: o conjunto de conhecimentos e técnicas que envolvem a prática da medicina (da medicina porque esse é nosso exemplo, mas na verdade o mesmo significado se estende a outros setores da atividade humana).

E isso também tem a ver com arte? Tem. Porque a arte que estamos tentando definir exige conhecimentos e técnicas. O artista precisa dominar as técnicas de sua arte e conhecer o trabalho de colegas que o precederam ou que são seus contemporâneos.

Mas só esse tipo de conhecimento não basta. O artista precisa também — e principalmente — ter alguma coisa para dizer. Alguma coisa que é fruto de suas experiências de vida e de sua observação das experiências dos outros. Em outras palavras: alguma coisa que vem a ser sua visão de mundo, sua maneira de ver o homem, a natureza, Deus.

Só mais um exemplo dos vários sentidos da palavra "arte", e já vamos tentar construir nossa definição.

De repente sua avó presenteia você com uma linda blusa que ela mesma tricotou. E toda vez que você usa essa blusa uns e outros a admiram e exclamam: "Nossa, é uma verdadeira obra de arte!"

"Verdadeira" é exagero. Mas sob certos aspectos a blusa não deixa de ser uma obra de arte. Por quê?

Porque é bonita, sem dúvida, e beleza, ou melhor, o belo, é um dos atributos da arte. Porque tem alguma coisa de original e de pessoal, alguma coisa que sua avó criou e que é diferente de qualquer outra: pode ser o ponto, ou a combinação de cores, ou ainda o desenho... E mesmo que ela tenha copiado tintim por tintim de uma revista, sua blusa com certeza não ficou igual à da foto, porque cada tricoteira tem um jeito, um estilo próprio de trabalhar.

Uma tentativa de definição

Depois desses exemplos acho que estamos mais ou menos preparados para tentar formular nossa definição.

Poderíamos dizer de modo bem simples que a arte é um produto da criatividade humana que, mediante conhecimentos, técnicas e um estilo todo pessoal, transmite uma experiência de vida ou uma visão de mundo, expressando verdades humanas e despertando emoções em quem a usufrui.

Quanto mais ampla é a visão de mundo do artista, quanto mais rica é sua experiência de vida, maiores são suas possibili-

Uma peça de teatro pode apresentar verdades humanas universais e provocar reações emocionais intensas.
É o caso de *Hamlet*, que Shakespeare escreveu quatro séculos atrás e que até hoje emociona espectadores e leitores do mundo inteiro e dá margem às mais diversas interpretações. (John Gielgud como Hamlet em 1939. Teatro Liceu, Londres.)

dades de expressar verdades humanas universais e emocionar seu público.

Mas nem todos que usufruem de uma obra de arte captam as mesmas verdades humanas ou experimentam as mesmas emoções. Um dia você vai ao cinema com um amigo, os dois assistem ao mesmo filme, e um sai dizendo "Que chatice!", enquanto o outro não para de repetir "Que beleza!". Um se entediou, o outro se empolgou. Porque cada um entendeu ou interpretou o filme de um jeito.

E nisso está um dos elementos que constituem a grandeza da arte: ela permite várias interpretações, várias "leituras", várias formas de ver e sentir o mesmo produto artístico. Por isso provoca as mais diversas reações emocionais e quase sempre nos leva a refletir sobre o homem e o mundo, sobre nós mesmos e os outros.

Claro que essa não é uma definição completa. É só um ponto de partida para você pensar sobre o assunto, discuti-lo em classe, levantar questões e formar sua própria opinião.

O que você sente diante desse quadro? As cores suaves lhe transmitem uma sensação gostosa de repouso e calma? Ou a figura solitária da moça cabisbaixa faz você imaginar que ela está triste e acaba lhe passando um pouco dessa possível tristeza? (*Trigal*, de Eliseu Visconti (c. 1913/1916), óleo sobre tela, 65 x 80 cm.)

Shakespeare e sua avó

William Shakespeare. Sem data.

Se sua avó fez aquela blusa copiando de uma revista, ela tem alguma coisa em comum com o dramaturgo inglês William Shakespeare (1564-1616), um dos maiores gênios da história do teatro e da arte em geral. Por que será?

Shakespeare começou a escrever para o teatro aos vinte e poucos anos, entre 1588 e 1590, não se sabe ao certo. O que sabemos com certeza é que sua carreira de dramaturgo, quer dizer, de autor teatral, durou pouco mais de duas décadas, e que ao longo desse tempo ele escreveu nada menos que 37 peças — em média mais de uma por ano.

Acontece que boa parte dessas obras não saiu do nada. Shakespeare muitas vezes foi buscar seu assunto na literatura, na história ou nas lendas da mitologia, que contam façanhas de deuses e heróis.

Para escrever Romeu e Julieta, por exemplo, ele se inspirou numa história que teria realmente acontecido no começo do século XIV. Romeu e Julieta eram dois adolescentes apaixonados que não podiam ficar juntos porque pertenciam a famílias inimigas.

Essa história correu de boca em boca até cerca de 1530, quando o italiano Luigi da Porto a registrou. Mas só se tornou imortal depois que Shakespeare lhe imprimiu a marca de seu talento, dando-lhe um tratamento todo pessoal e incutindo nela sua visão de mundo.

Ao longo dos séculos muitos artistas se inspiraram em Romeu e Julieta para escrever outras obras, para pintar quadros, para compor música, para fazer filme e até musical da Broadway. Em nenhuma dessas versões, porém, a tragédia dos dois adolescentes que morreram por amor nos emociona tanto quanto na criação genial e insuperável de William Shakespeare.

A certidão de nascimento

Conversando, conversando, chegamos à primeira parada desta nossa pequena viagem pelo mundo da arte: uma caverna. Sim, foi numa caverna que tudo começou. Ou você já esqueceu que há dezenas de milhares de anos o homem morava em cavernas?

Pois naquela época distante o homem criou sua primeira forma de arte, que muita gente acha que foi a arte de contar histórias. Ou seja, a literatura. Claro que seria uma literatura oral, já que não existia ainda nenhum sistema de escrita.

Isso faz sentido. Por quê? Pense bem: os habitantes das cavernas evidentemente não tinham livro, cinema, televisão, nada dessas coisas que temos hoje para nos distrair e informar. É bastante provável que se distraíssem e trocassem informações conversando ao redor de uma fogueira, contando histórias.

Que histórias será que contavam? Coisas do dia-a-dia, da caçada, da luta, do nascimento de um filho. Coisas que inventavam para tentar explicar o que não conseguiam entender: a tempestade, o mar, o vento, as estações do ano. Coisas da vida.

Se foi realmente assim que tudo aconteceu ninguém poderá saber, pois, como já falei, o homem primitivo não tinha nenhum sistema de escrita e, portanto, não deixou registro de suas prováveis histórias.

Há também muita gente que acredita que a arte mais antiga do mundo é a dança. Dançar parece uma coisa instintiva, espontânea. Uma criancinha dança. Dançar também é uma forma de se comunicar com a divindade. Em várias religiões, como o candomblé, por exemplo, a dança faz parte do ritual sagrado.

Assim, pode bem ter sido a primeira manifestação artística da humanidade. Não é difícil imaginar nossos longínquos antepassados dançando para pedir a proteção dos deuses ou simplesmente para expressar alegria.

O problema é que, como no caso da arte de contar histórias, não dispomos de nenhuma prova e, portanto, não podemos afirmar nada com relação a isso.

O que podemos afirmar com certeza é que a pintura descoberta em algumas cavernas da pré-história é a primeira forma de arte que atravessou milênios e chegou até nós.

A pintura rupestre

A pintura feita nas paredes das cavernas se chama pintura rupestre ("rupestre" quer dizer "gravado ou traçado na rocha, na pedra"). As pinturas rupestres mais famosas são as das cavernas de Altamira, na Espanha, e de Lascaux, na França, e começaram a ser elaboradas uns catorze mil anos antes de Cristo.

A caverna de Altamira foi descoberta em 1879. Suas pinturas mostram bisões presos em armadilhas ou feridos; junto a esses animais aparecem também silhuetas de pessoas que, segundo os estudiosos, eram especializadas em "encantar" os bisões, criando um clima de magia.

A caverna de Lascaux foi descoberta só em 1940 por uns meninos que estavam passeando com um cachorro. De repente o cachorro sumiu, os meninos o chamaram e ouviram um latido distante, abafado. Foram atrás do som e encontraram a caverna. O mais impressionante na caverna de Lascaux é o espaço que se decidiu chamar de Sala dos Touros, onde vemos seis touros enormes, pintados basicamente em preto e vermelho.

Como é que essas pinturas se conservaram tão bem até hoje? Em grande parte devido ao fato de que elas se encontravam bem escondidas no fundo da caverna. (Tão escondidas que demoramos milhares de anos para descobri-las.)

Por que será que estavam escondidas? Não sabemos. O que temos são hipóteses, suposições — algumas até bastante prováveis.

Certamente essas pinturas não estavam ali para enfeitar a caverna. Porque, pensando bem, quem de nós iria comprar um quadro, por exemplo, para pendurar no fundo do porão, onde ninguém pudesse vê-lo? Iríamos colocá-lo na parede mais nobre da sala de visitas, para todo mundo admirar.

Uma das características mais notáveis dos touros de Lascaux (Dordogne, França) é a sensação de movimento.

O caráter mágico

Então, se nossos longínquos antepassados não pintaram essas figuras de animais para embelezar as cavernas, que sentido têm suas pinturas?

É quase certo que tinham um caráter mágico. Em outras palavras: o homem primitivo pintava essas imagens de animais para tirar deles o que acreditava ser o espírito vital e depois poder caçá-los na realidade. Parece complicado, mas não é.

Naquela época ainda não existia a agricultura. Quer dizer, não se plantava coisa alguma, porque ninguém sabia que a semente jogada no chão germinava e se reproduzia. Tampouco ninguém tinha domesticado os animais para criá-los e tirar deles seu alimento. Se queria comer, nosso ancestral tinha de pescar ou caçar. Principalmente caçar.

Talvez ele achasse que, quando pintava na parede da caverna a figura do animal que pretendia abater, estava simbolicamente matando esse animal. O que nos sugere essa hipótese é o fato de que muitas dessas figuras estão atravessadas por uma lança.

Depois de "matar" o animal por meio da imagem, ou em sua imaginação, o homem primitivo saía para caçar de verdade e saciar a própria fome e a de sua família. Quando todos estavam bem alimentados, a imagem pintada na rocha perdia sua razão de ser, pois já havia cumprido sua função. Ao sentir fome de novo, o habitante das cavernas precisava mais uma vez pintar a figura da presa cobiçada, antes de sair para capturá-la.

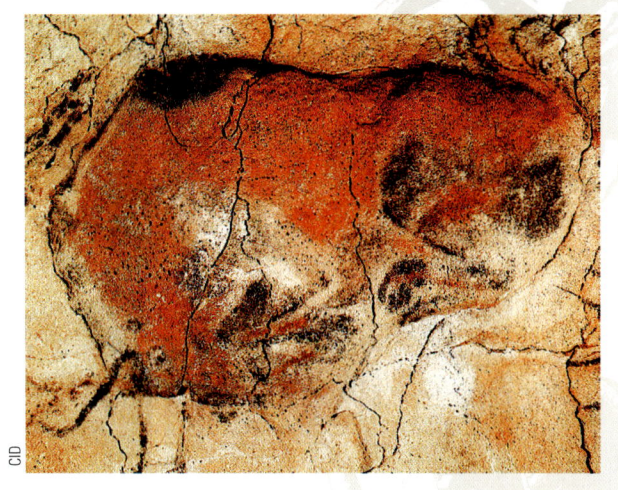

Os bisões de Altamira, na Espanha, foram pintados entre os anos 14.000 e 9.500 antes de Cristo, aproximadamente.

O curioso é que, se as imagens pintadas na rocha serviam só para propiciar a caçada, por que nosso ancestral procurava fazê-las com tanto cuidado?

Provavelmente ele acreditava que, caprichando nas figuras, teria mais sucesso na caça, ou conseguiria aumentar o número de animais existentes na realidade e, assim, haveria mais o que comer. Não sabemos.

O fato é que nosso artista rupestre foi se aperfeiçoando com o tempo e chegou a pintar figuras que até hoje nos impressionam pela expressão de dor, pela sensação de movimento, pelas formas e pelas cores.

Pode ser que tudo isso tenha começado quando um primitivo faminto estava sentado no meio da caverna, pensando na vida e sonhando com um belo pedaço de carne. E de repente imaginou que uma saliência ou mesmo uma mancha na parede parecia o animal que poderia lhe saciar a fome. Então se levantou, pegou um tição qualquer e completou a figura que a saliência ou a mancha lhe sugeria.

E depois saiu para caçar e teve sorte. E achou que teve sorte por causa do desenho. E resolveu desenhar bastante, completando saliências ou manchas, até poder pintar as imagens de animais por sua própria conta, sem precisar que nenhuma irregularidade da parede lhe sugerisse os contornos.

Pode ser. Não sabemos se foi realmente assim que a arte começou. Sabemos é que "oficialmente" ela nasceu no interior de uma caverna escura há milhares de anos, modesta e cheia de vida. Tão cheia de vida que ainda hoje está aí, renovando-se a cada instante, desafiando-nos com seu mistério e nos dando muito prazer.

Pedras pintadas no Piauí

Você sabia que nossos velhos antepassados também viveram aqui no Brasil?

Quem descobriu isso foi a equipe da arqueóloga francesa Niède Guidon, na década de 1970. Primeiro esses estudiosos encontraram uns "fogões", quer dizer, algumas pedras

Pequenas figuras de homens encontradas no Parque Nacional da Serra da Capivara, Piauí.

em torno de uns restos de fogueira. Mandaram umas amostras do carvão de tais "fogões" para laboratórios dos Estados Unidos e da França, onde os cientistas as analisaram cuidadosamente e concluíram que elas tinham no mínimo 48 mil anos.

Além de restos de fogueira a equipe da arqueóloga encontrou cacos de cerâmica, pedras lascadas, que decerto eram usadas para cortar coisas, ossos de animais e... pinturas rupestres.

As pinturas estão no Parque Nacional da Serra da Capivara, que pertence ao município de São Raimundo Nonato, no sul do Piauí. Têm de seis a doze mil anos de idade e apresentam pequenas figuras de homens e animais.

No total são 25 mil figuras, que, embora muito simples, transmitem uma forte sensação de movimento. Para pintá-las nossos artistas primitivos usaram uma mistura de óxido de ferro das rochas com gordura animal para fixar melhor a cor. Utilizando sempre o mesmo material, eles acabaram pintando tudo em tons de ocre avermelhado.

É uma pena que, tendo resistido ao sol e à chuva durante milênios, essas pinturas corram o sério risco de desaparecer. Por quê?

Porque ultimamente os insetos andam se aninhando muito sobre elas. Por causa do desequilíbrio ecológico, sabe como é? As pessoas cortam árvores, queimam matas, caçam bichos e desorganizam todo o equilíbrio natural. Uma das consequências disso é que os insetos, por exemplo, ficam sem ter para onde ir. E os da região de São Raimundo Nonato foram para as pedras pintadas.

Mas eles não são os únicos que ameaçam nossas pinturas pré-históricas. Alguns turistas andam arrancando pedacinhos das pedras pintadas para levar como lembranças. Que pena!

Artes da imagem

Como você percebeu durante nosso passeio pelas cavernas, a pintura é uma arte que lida com imagens. No caso de nosso ancestral, o homem das cavernas, essas imagens representavam principalmente animais. Depois, com o tempo, passaram a representar também objetos, pessoas, cidades, campos, mar… Uma infinidade de coisas. E há imagens que representam só o que existe na cabeça dos pintores.

Com isso podemos falar da primeira grande divisão da pintura. Há basicamente dois tipos de pintura: a figurativa e a abstrata. Com um passeio pelo museu podemos ver isso de perto.

Pintura figurativa é aquela que mostra objetos, animais, pessoas etc. como realmente são ou pelo menos parecem ser. Por exemplo, o retrato de uma linda moça. Uma moça que tem cabelo, olhos, nariz, boca — tudo no lugar certo, como qualquer outra moça que você vê na rua.

Mas também podemos encontrar no museu o retrato de uma moça com um olho só, o nariz no lugar da boca, a boca na testa, o rosto todo quadrado. Essa pintura não deixa de ser figurativa, porque bem ou mal você reconhece que ali está um quadro que parece ser o retrato de uma moça.

Mona Lisa (óleo sobre painel de madeira, 0,77 x 0,53 m), o retrato mais célebre da história da pintura, foi elaborado pelo italiano Leonardo da Vinci no início do século XVI, possivelmente entre 1503 e 1506.

Outras vezes você fica um tempo enorme na frente de uma pintura e não sabe o que está vendo. São manchas, riscos, borrões que não se parecem com nada do que você conhece. Essa pintura é abstrata porque não reproduz a realidade visível, mas sim alguma ideia, sentimento ou emoção do pintor.

Durante centenas e centenas de anos a pintura foi exclusivamente figurativa. Até que em 1910 o artista russo Vassili Kandinsky (1866-1944) revolucionou tudo, criando a pintura abstrata.

Dentro da pintura figurativa existem vários gêneros, quer dizer, vários tipos de quadro. Assim, temos o retrato, do qual falávamos há pouco; a paisagem, que mostra um campo, uma cidade, uma praia, o mar; a natureza-morta, que é, digamos, o retrato de uma coisa sem vida, como os restos de uma refeição, um conjunto de objetos inanimados, um

Em 1907, o espanhol Pablo Picasso pintou *Senhoritas de Avignon* (óleo sobre tela, 243,9 x 233,7 cm), quadro que revela influência da arte africana e corresponde a uma verdadeira revolução na arte pictórica. Apesar dos traços estranhos, você com certeza não tem dificuldade em reconhecer nessa tela o retrato de cinco mulheres.

Um quadro abstrato, como esse, que Vassili Kandinsky pintou em 1912 e intitulou *Improvisação nº 26* (óleo sobre tela, 97 x 107,5 cm), deixa o observador inteiramente livre para imaginar o que bem entender.

© INSTITUTO DE ARTE DE CHICAGO

Uma paisagem que focaliza o mar chama-se marinha, e a esse gênero o francês Claude Monet dedicou boa parte de seus quadros, principalmente nas décadas de 1860 e 1880. (*Praia de Sainte-Adresse*,1867, óleo sobre tela, 40,64 x 27,94 cm.)

© PINACOTECA DO ESTADO DE SÃO PAULO

Pedro Alexandrino se especializou no gênero da natureza-morta, que lhe rendeu vários prêmios e homenagens no Brasil e no exterior. É de sua autoria o quadro *Flores e doces* (sem data, óleo sobre tela, 86 x 115 cm).

© MUSEU DO LOUVRE, PARIS

Esta obra, de Jacques-Louis David, é um quadro bem representativo da pintura histórica. (*Sagração de Napoleão e coroação da Imperatriz Josephine na Catedral de Notre-Dame de Paris em 2 de dezembro de 1804* (detalhe), 1808, óleo sobre tela, 621 x 979 cm.)

vaso de flores, um animal morto; a pintura histórica, que, como o próprio nome indica, apresenta cenas ligadas a acontecimentos da História antiga ou contemporânea; a pintura de gênero, que focaliza aspectos da vida cotidiana; a pintura religiosa, que aborda temas bíblicos, milagres, fatos da vida dos santos.

Segundo o Evangelho de São Lucas, o anjo Gabriel foi enviado por Deus para anunciar à Virgem Maria: "Eis que conceberás no teu ventre, e darás à luz um filho, em quem porás o nome de Jesus" (Lucas 1, 31). Essa importante passagem bíblica inspirou a Leonardo da Vinci o quadro *Anunciação* (c. 1472-1475, têmpera sobre madeira, 98 x 217 cm).

Os holandeses eram mestres na pintura de gênero, que tem em Jan Vermeer um de seus maiores representantes. Vermeer deixou cerca de quarenta quadros, em geral focalizando pessoas ocupadas com seus afazeres domésticos, tocando um instrumento musical, lendo ou conversando, como em *O copo de vinho*, pintado por volta de 1658-1660 (óleo sobre tela).

Há épocas em que alguns gêneros da pintura figurativa predominam, enquanto outros parece que ficam meio esquecidos. O autorretrato, porém, é um gênero que praticamente nunca saiu de moda. (*Autorretrato*, de Tarsila do Amaral, 1923, óleo sobre tela, 73 x 60 cm)

Entre esses gêneros da pintura figurativa o retrato com certeza é um dos mais populares. Durante séculos toda pessoa que tivesse condições de pagar um pintor mandava fazer seu retrato. Às vezes o retrato mostra só um indivíduo, às vezes um grupo inteiro — uma família, os membros de um clube, os fregueses de um restaurante, por exemplo. E às vezes mostra o próprio pintor, chamando-se então autorretrato.

Em 1642 o holandês Rembrandt van Rijn elaborou, por encomenda, um grande retrato de grupo que se intitulava originalmente *A companhia do capitão Frans Banning Cocq e do tenente Willem van Ruytenburch*, mas que acabou se celebrizando mesmo com o nome de *A ronda noturna*. (1642, óleo sobre tela, 363 x 437 cm)

A rapidez da fotografia

Hoje em dia é muito mais rápido, fácil e barato ter um retrato de si mesmo, de um ente querido, de um grupo de familiares ou amigos porque existe a fotografia, que, como a pintura, é uma arte que lida com imagens.

A fotografia surgiu oficialmente em 1839, quando se anunciou em Paris que o artista francês Louis Jacques Mandé Daguerre (1789-1851) havia inventado um processo para fixar uma imagem num papel especial. Tanto o processo quanto o aparelho utilizado e o resultado final receberam o nome de daguerreótipo.

Para chegar a esse resultado Daguerre levou mais de dez anos fazendo uma série de pesquisas e experiências, inicialmente com outro francês, Nicéphore Niepce (1765-1833). A imagem obtida por esse processo não era muito nítida e tampouco permitia que se tirassem cópias. Por isso outros pesquisadores foram aperfeiçoando o invento até produzir o que hoje conhecemos como fotografia.

Mas fotografia é arte? Claro que é! Pois o fotógrafo não se limita a registrar a realidade por intermédio de uma máquina. O simples fato de escolher o que vai

© ICONOGRAPHIA-REMINISCÊNCIAS

Atribui-se o *Largo do Paço* ao abade Compte, que em 1840 trouxe o daguerreótipo para o Brasil.

fotografar já revela sua sensibilidade. Em seguida ele decide focalizar de determinada maneira o objeto escolhido, procurando a intensidade de luz que acha mais adequada e selecionando os demais elementos que poderão compor a foto. Com isso ele, de certa forma, altera a realidade e imprime na foto seu modo original de ver o mundo que o rodeia.

Três momentos admiráveis da história da fotografia: *Os trinta Valérios* (c. 1900), fotomontagem que, com um mínimo de recursos técnicos, Valério Vieira realizou em 1904 e na qual aparece trinta vezes (a obra foi premiada nos Estados Unidos); a atriz Sarah Bernhardt retratada em 1859 por Nadar (pseudônimo de Félix Tournachon); e *A estrada de ferro* (fotografia gelatina/prata da série "Viagem pelo fantástico", 1970), de Bóris Kossoy.

As três dimensões da escultura

Existem várias artes que lidam com imagens, mas só uma que apresenta as imagens em três dimensões: altura, largura e relevo. É a escultura, que, como a pintura, também surgiu nas cavernas.

Há exemplos de escultura primitiva enfeitando utensílios de pedra ou de osso. No entanto, o testemunho mais significativo dessa arte nas mãos de nossos antepassados é uma série de estatuetas com evidentes características femininas. Trata-se de figurinhas pequenas, que em geral cabem na palma da mão. Os estudiosos lhes deram o nome de Vênus, pensando na deusa dos antigos romanos que favorecia o amor.

Mas parece que a Vênus das cavernas representava basicamente a mãe, a fertilidade. Ela tem seios fartos, nádegas grandes e traços faciais imprecisos.

Essas estatuetas pré-históricas são geralmente de pedra, osso ou chifre. Várias delas foram encontradas na Europa, sendo a mais famosa a Vênus de Willendorf, cidade da Áustria. Feita de pedra e medindo onze centímetros de altura, está hoje no Museu de História Natural, em Viena.

Nossos distantes antepassados esculpiram numerosas estatuetas que simbolizavam a fertilidade; a mais célebre é a *Vênus de Willendorf* (c. 28.000-25.000 a.C., pedra, 11 cm).

© ALEX SALIM

A *Flagelação* faz parte do grande conjunto de figuras de madeira, em tamanho natural, que representam os *Passos da Paixão de Cristo* e foram criadas, entre 1796 e 1799, pelo artista mineiro Antônio Francisco Lisboa, mais conhecido como Aleijadinho.

CID

Michelangelo tinha cerca de 25 anos quando elaborou a *Pietà*, uma de suas primeiras obras importantes, concluída na passagem do século XV para o XVI. Trata-se de uma escultura figurativa, em mármore, que se encontra na basílica de São Pedro, em Roma.

Assim como a pintura, a escultura pode ser figurativa — quando representa criaturas e objetos da realidade — ou abstrata — quando expressa ideias ou sentimentos. Em ambos os casos o escultor tem a sua disposição uma vasta gama de possibilidades, podendo escolher entre materiais tradicionais — pedra, madeira, metal — e as mais inesperadas matérias-primas — sucata, papelão, plástico — que a tecnologia e, sobretudo, a moderna liberdade de criação lhe proporcionam.

Todas essas artes que lidam com imagens são chamadas no conjunto de artes plásticas. Elas se encontram em todo lugar: nos museus, nos livros, nas revistas, nos edifícios públicos, nas praças, nas ruas. Procure observá-las com atenção. Quem sabe você gostaria de estudar uma delas…

CID

O bronze foi um dos materiais favoritos de Henry Moore, escultor inglês do século XX, que encontrou na figura humana sua grande fonte de inspiração. (*Figura reclinada*, Washington)

A arte da gravura

Uma arte muito especial que lida com imagens é a arte da gravura. Trata-se de desenhar formas numa superfície dura para depois reproduzi-las, imprimindo-as geralmente em papel. A superfície chama-se matriz e pode ser de pedra, de madeira ou de metal.

A partir de uma matriz de pedra obtém-se uma litogravura (lito significa "pedra" em grego). O processo, denominado litografia, é relativamente simples. Com um giz ou lápis gorduroso especial, o gravador — ou seja, o artista que faz gravuras — traça o desenho numa placa de calcário, chamada pedra litográfica. Em seguida molha essa placa — a gordura repele a água, que fica nos lugares onde não há nenhum desenho — e aplica uma tinta gordurosa, que, por sua vez, é repelida pela água, aderindo só aos traços feitos com o giz ou lápis especial. Por fim, coloca uma folha de papel sobre a matriz e pressiona. O desenho aparece no papel, e o gravador tira tantas cópias quantas quiser.

Litogravura de Tomie Ohtake (sem título, 1972, 50 x 50 cm).

Quando utiliza uma superfície de madeira, o artista elabora uma xilogravura (xilo significa "madeira" em grego). Nesse processo, denominado xilografia, ele cava o desenho na matriz, utilizando uma faca, um formão, uma goiva ou ainda um buril. Depois espalha a tinta sobre a placa; a tinta adere só aos lugares em que ele não cavou a madeira, e as partes desbastadas ficam em branco no papel.

Ao trabalhar com matriz de metal, o gravador geralmente prefere o cobre e pode escolher entre várias técnicas. A técnica mais simples é a da ponta-seca, que consiste em usar um estilete de ponta afiada ou uma espécie de lápis de aço com ponta de diamante ou rubi. Com um desses instrumentos o artista cava sulcos na chapa de cobre, provocando pequenas rebarbas, onde se instala a tinta para impressão.

Melancolia,
gravura em metal
de Albrecht Dürer
(1514, 24 x 19 cm).

O sorriso,
xilogravura de
Paul Gauguin
(1899, 10,32 x
18,26 cm).

Imagens em movimento

Aquelas pinturas que vimos lá nas cavernas da pré-história e todas as artes que conhecemos durante nosso passeio pelo museu apresentam imagens estáticas. Os objetos, as pessoas ou os animais talvez estivessem em movimento quando o artista os retratou, mas nós os vemos parados. Às vezes essas imagens até podem nos dar a impressão de movimento, porém estão cristalizadas, por assim dizer.

Algumas pessoas não se conformavam com isso. Queriam reproduzir o próprio movimento, e não apenas sugeri-lo. E durante muito tempo andaram procurando um jeito de alcançar seu objetivo.

Até que um dia, no final do século XIX, chegou-se a bom resultado.

O princípio básico

A coisa funcionou mais ou menos assim:

Imagine uma criança correndo, por exemplo. Agora imagine que você tem uma máquina fotográfica na mão e fotografa cada movimento realizado pela criança. É um pé que se levanta, enquanto o outro se apoia no chão. É um joelho que se dobra, enquanto o outro se estica. São os braços que se mexem para a frente e para trás. É o cabelo que esvoaça.

Imagine que você fotografou tudo isso e agora está com as fotos nas mãos. Se você as passar rapidamente diante dos olhos, como se estivesse "folheando" as cartas de um baralho, vai ver essa criança correndo. Mas melhor ainda seria projetar essas fotos na parede com a mesma velocidade com que você as "folheia". Aí o movimento seria idêntico ao da criança.

Esse é o princípio básico do cinema — ou cinematógrafo, como se dizia antigamente —, resultado de várias tentativas realizadas na Europa e nos Estados Unidos ao longo de anos. Essas tentativas foram sintetizadas pelo americano Thomas Alva Edison (1847-1931), que entre outras coisas inventou a lâmpada elétrica. Em 1890 Edison criou um aparelho de uso individual, chamado cinetoscópio, no qual se podia assistir à projeção de um filme através de um visor.

Cinco anos depois o cinetoscópio foi aperfeiçoado por dois franceses, os irmãos Louis (1864-1948) e Auguste (1862-1954) Lumière, que acabaram inventando o cinematógrafo. Com esse aparelho, movido a manivela, eles conseguiram passar um filme uniformemente, sem saltos nem interrupções, projetando-o numa tela, para que várias pessoas o vissem ao mesmo tempo.

Graças aos irmãos Lumière, no dia 28 de dezembro de 1895 realizou-se no Grand Café, em Paris, a primeira sessão de cinema do mundo. Os filmes apresentados nessa época tinham dois ou três minutos de duração e geralmente focalizavam aspectos do dia-a-dia, como *O almoço do bebê* ou *A chegada do trem na estação*. Eram filmados ao ar livre e, evidentemente, com mínimos recursos técnicos.

© ROGER VIOLLET/KEYSTONE

Cena de *A chegada do trem na estação*, primeiro filme realizado pelos irmãos Lumière, em 1895.

Som, cor, telão

No começo o cinema era mudo. O público via a imagem do ator ou da atriz mover os lábios, falando alguma coisa, e em seguida lia essa fala num quadro que aparecia sozinho na tela.

Enquanto as imagens se sucediam na tela, uma pessoa ficava tocando piano o tempo todo dentro da sala de exibição. A música ajudava a criar o clima que a cena requeria: romântico, festivo, sombrio, assustador etc. Era a trilha sonora da época. Alguns diretores encomendavam aos compositores músicas específicas para seus filmes. E, embora o piano fosse o instrumento mais usado, eventualmente uma orquestra inteira tocava durante a projeção.

Em 1927 o espectador ouviu pela primeira vez a voz de um ator na tela. Foi no filme *O cantor de jazz*, em que Al Jonson, interpretando o protagonista, ou seja, a personagem principal, falou e cantou apenas por alguns instantes. Mas isso já foi um progresso enorme.

Cena de *Metrópolis*, um clássico do cinema mudo realizado por Fritz Lang em 1926.

Vários astros e estrelas do cinema mudo não se adaptaram ao som, ou porque tinham uma voz desagradável, ou porque eram estrangeiros e falavam com sotaque, ou porque seu estilo de representar era incompatível com a novidade. Greta Garbo (1905-1990), no entanto, passou muito bem no teste do microfone (apesar de ser sueca e trabalhar no cinema americano), tendo estrelado seu primeiro filme sonoro, *Anna Christie*, em 1929.

Nas décadas seguintes o cinema ganhou cor, ampliou a tela, aprimorou a imagem e o som, criou efeitos especiais cada vez mais espetaculares — enfim, não parou de evoluir.

Embora seja uma arte jovem em comparação com as outras, o cinema logo se popularizou no mundo inteiro, atraindo para as salas de projeção gente de praticamente todas as classes sociais. Se houvesse nota para "democratização" na arte, a invenção dos irmãos Lumière com certeza tiraria

Em 1953, *O manto sagrado*, com Richard Burton e Jean Simmons, inaugurou o cinemascope, um processo que utiliza lentes especiais para projetar o filme numa tela de grandes dimensões.

...E o vento levou, estrelado por Vivien Leigh e Clark Gable em 1939, foi um dos maiores sucessos de bilheteria da história do cinema.

Em se tratando de musicais, a dupla Fred Astaire e Ginger Rogers não tinha rival.

nota dez, não só por se difundir entre as diferentes camadas da população, mas também por atender a todos os gostos.

Há os chamados "filmes de arte", que abordam temas profundos (ou aparentemente profundos); há dramalhões de arrancar lágrimas; há musicais, engraçados ou não, que dão vontade de sair do cinema cantando e dançando; há superproduções com milhares de pessoas em cena; há filmes de aventura, de guerra, de pancadaria, de terror, de suspense... Há de tudo e para todos, como convém a uma arte tão democrática.

Cidadão Kane, dirigido e estrelado por Orson Welles, em 1941, é sem dúvida um "filme de arte".

O cinema no Brasil

No histórico dia 8 de julho de 1896 realizou-se a primeira sessão de cinema no Brasil, nada mais que uma projeção de "vistas naturais", ou seja, de paisagens absolutamente imóveis. Mais ou menos como se você pegasse uma série de slides e fosse projetando, um após o outro, num espaço da parede.

Só em 1908 começaram a surgir os "filmes de enredo", assim chamados porque contavam uma história. Um dos primeiros "filmes de enredo" produzidos e apresentados em nossa terra foi Os estranguladores, baseado num crime real que ocorrera no Rio de Janeiro; tinha uns quarenta minutos de duração e constituiu um sucesso tão grande que foi exibido mais de oitocentas vezes e deu origem a uma onda de filmes "policiais", com títulos igualmente terríveis, como Noivado de sangue e A mala sinistra.

No final da década de 1920, porém, alguns artistas apaixonados pela nova arte passaram a publicar informações sobre ela, influenciando jovens cineastas. Outros foram estudar na Europa com grandes mestres do cinema. Foi o caso de Mário Peixoto, que em 1930 apresentou o que muitos consideram o primeiro filme importante do cinema brasileiro: Limite.

© ICONOGRAPHIA-REMINISCÊNCIAS

Cena de *Um drama na Tijuca*, filme de 1909, dirigido por Antônio Serra.

Cena de *Limite*, obra-prima de Mário Peixoto.

© ICONOGRAPHIA-REMINISCÊNCIAS

Cena de *O pagador de promessas*, protagonizado por Leonardo Vilar.

Depois de mais algumas — poucas — obras de valor, todas dos anos 1930, a qualidade artística de nosso cinema decaiu. Surgiram as chanchadas, quer dizer, comédias musicais e dramas populares despretensiosos, criados basicamente para fazer rir ou chorar.

Apesar de ter ganhado um prêmio internacional em 1953, com O cangaceiro, do diretor Lima Barreto, o cinema brasileiro só começou a conquistar prestígio internacional na década de 1960, quando O pagador de promessas, de Anselmo Duarte, ganhou a Palma de Ouro do Festival de Cannes, em 1962, e quatro filmes do baiano Glauber Rocha, realizados entre 1961 e 1969, receberam prêmios no exterior.

Depois desse período brilhante, em que se destacam ainda Os Cafajestes (1962), de Ruy Guerra, e Vidas Secas (1963), de Nelson Pereira dos Santos, o objetivo de simplesmente ganhar dinheiro prevaleceu. Pornochanchadas e filmes de sexo explícito praticamente tomaram conta do mercado, deixando pouco espaço para obras de mérito, como Xica da Silva (1976), de Cacá Diegues, ou Pixote, a lei do mais fraco (1980), de Héctor Babenco.

© DIVULGAÇÃO/AE

Cena do filme *Central do Brasil*, com Fernanda Montenegro
e Vinícius de Oliveira (1998).

O reflorescimento do cinema brasileiro teve início em meados da década de 1990. Entre os cineastas que despontaram nessa época figura Walter Salles Jr., que em 1998 fez Central do Brasil. Exibido em 22 países, esse filme participou do Festival de Berlim, na Alemanha, onde ganhou o Urso de Ouro, como melhor filme, e sua estrela, Fernanda Montenegro, recebeu o Urso de Prata como melhor atriz.

A palavra como ferramenta

Nossa viagem pelo mundo mágico do cinema nos mostrou que os filmes geralmente contam histórias com começo, meio e fim, porém às vezes apresentam uma situação psicológica específica, em que os sentimentos ou as emoções das personagens são mais importantes do que o enredo. Nos dois casos o cinema usa imagens visuais e sonoras — nós vemos e ouvimos um filme.

A literatura faz a mesma coisa, só que usa exclusivamente palavras. E tem duas formas de contar uma história ou de apresentar uma situação psicológica específica: a prosa e a poesia.

Você já aprendeu nas aulas de português que prosa é "a maneira natural de falar ou escrever", conforme está definida no dicionário de Aurélio Buarque de Holanda. É nossa linguagem social, por assim dizer. E poesia é uma forma de expressão que obedece, com maior ou menor rigor, a um conjunto de regras próprias. É uma linguagem essencialmente "individual".

Existem duas formas tradicionais de poesia: a lírica e a épica. Vamos começar pela primeira.

O predomínio dos sentimentos

A poesia lírica é a que mais costuma apresentar situações psicológicas específicas, sem contar uma história com começo, meio e fim. Ela expressa mais sentimentos, estados de espírito, emoções, reflexões. Veja, por exemplo, este soneto do poeta brasileiro Vicente de Carvalho (1866-1924), o primeiro de uma série de seis poemas intitulada "Velho tema":

Só a leve esperança, em toda a vida,
Disfarça a pena de viver, mais nada;
Nem é mais a existência, resumida,
Que uma grande esperança malograda.

O eterno sonho da alma desterrada,
Sonho que a traz ansiosa e embevecida,
É uma hora feliz, sempre adiada
E que não chega nunca em toda a vida.

Essa felicidade que supomos,
Árvore milagrosa que sonhamos
Toda arreada de dourados pomos,

Existe, sim: mas nós não a alcançamos
Porque está sempre apenas onde a pomos
E nunca a pomos onde nós estamos.

Nesses versos famosos, que fazem parte do livro *Poemas e canções* (1908), Vicente de Carvalho está meditando sobre a condição humana e apontando o que considera nossa impossibilidade irremediável de alcançar a felicidade. Leia-os de novo. Reflita sobre eles. Você concorda com essa visão de mundo exposta pelo poeta?

Os feitos dos heróis

Já a poesia épica, ou epopeia, é especialista em contar histórias — histórias grandiosas, de heróis e de lutas, das quais os deuses às vezes também participam.

Em nossa língua a obra mais famosa desse gênero é *Os Lusíadas*, do grande poeta português Luís Vaz de Camões (1524?-1580), publicada em 1572. O herói dessa epopeia é Vasco da Gama (c.1460-1524), o navegador igualmente português que descobriu o caminho das Índias.

Mas, ao contar a aventura de Vasco da Gama, Camões conta também outras histórias — reais, como as que se referem à História de Portugal, ou inventadas, como as que envolvem gigantes e ninfas.

Uma das histórias mais bonitas de *Os Lusíadas* é a de Inês de Castro e Pedro I, rei de Portugal, que viveram no século XIV.

Pedro era só o príncipe herdeiro da coroa portuguesa e acabara de se casar com dona Constança, quando se apaixonou loucamente pela "linda Inês", como diz Camões. Alguns fidalgos da corte viam com maus olhos essa paixão, principalmente porque percebiam que estavam perdendo poder para os parentes de Inês. Depois que Pedro enviuvou e se casou secretamente com sua amada, em 1354, a situação desses fidalgos piorou, e eles resolveram agir. Assim, aproveitaram quando o

Em junho de 1552 Camões agrediu um empregado do palácio real e foi preso; perdoado pela vítima de sua agressão, recuperou a liberdade em março do ano seguinte e dias depois partiu para a Índia (*Camões na prisão*, de autor desconhecido).

Construído por determinação de Pedro I de Portugal, o túmulo de Inês de Castro, no mosteiro de Santa Maria, em Alcobaça, Portugal, é uma obra-prima da arte medieval portuguesa.

príncipe viajou e mataram sua esposa. Dois anos mais tarde, em 1357, Pedro se tornou rei de Portugal; então mandou desenterrar a "linda Inês", vesti-la com todo o luxo e sentá-la no trono, para ser coroada. Antes de punir os criminosos com a pena máxima, obrigou-os a beijarem a mão de Inês de Castro, "a que depois de ser morta foi rainha".

Atualmente já não se escreve tanta poesia épica como nos tempos de Camões. Mas ainda se escreve.

Cecília Meireles (1901-1964), um dos maiores nomes de nossa literatura, publicou em 1952 uma epopeia intitulada *Romanceiro da Inconfidência*. A história central desse poema é a de Tiradentes e seus companheiros, que queriam libertar o Brasil do domínio de Portugal. Veja como a autora descreve uma reunião secreta dos inconfidentes:

(fragmento do Romance XXIV):

Atrás de portas fechadas,
à luz de velas acesas,
brilham fardas e casacas,
junto com batinas pretas.
E há finas mãos pensativas,
entre galões, sedas, rendas,
e há grossas mãos vigorosas,
de unhas fortes, duras veias,
e há mãos de púlpito e altares,
de Evangelhos, cruzes, bênçãos.

© RICARDO AZOURY/PULSAR

Foi em Ouro Preto, antiga Vila Rica, que se desenrolou o drama histórico recontado por Cecília Meireles no *Romanceiro da Inconfidência*.

Não é difícil perceber que esses inconfidentes eram militares, fidalgos, padres, escritores, trabalhadores braçais. Repare como a autora os define usando elementos que sugerem a ocupação e a posição social desses homens: a farda, a casaca, a batina, as mãos finas, as mãos grossas.

Vasco da Gama, Inês de Castro, Tiradentes e muitas outras personagens de *Os Lusíadas* e do *Romanceiro da Inconfidência* existiram na vida real. Contudo, quando narraram a história dessas pessoas, tanto Camões quanto Cecília acrescentaram diversos detalhes, sentimentos, emoções que só existiam em sua própria imaginação.

Realidade e invenção

Ao contar uma história em prosa, como num romance, o escritor pode utilizar pessoas e fatos reais, do mesmo jeito que o poeta épico, e pode inventar personagens, situações, acontecimentos, cenários e até época (se decide situar a ação no futuro). Mas não tira tudo isso do nada.

Para descrever um ambiente, por exemplo, o romancista mistura vários dados da realidade que ele conhece e inventa outros.

Uma sala de aula normalmente se compõe de quadro-negro, carteiras, bancos, mesa e cadeira do professor. De repente, porém, o escritor resolve incluir um elemento que não faz parte integrante desse ambiente. Foi o que fez o brasileiro Manuel Antônio de Almeida (1830-1861), em seu romance *Memórias de um sargento de milícias* (1855):

Foi o barbeiro recebido na sala, que era mobiliada por quatro ou cinco longos bancos de pinho, sujos já pelo uso, uma mesa pequena que pertencia ao mestre, e outra maior, onde escreviam os discípulos, toda cheia de pequenos buracos para os tinteiros; nas paredes e no teto havia penduradas uma porção enorme de gaiolas de todos os tamanhos e feitios, dentro das quais pulavam e cantavam passarinhos de diversas qualidades: era a paixão predileta do pedagogo.

Gaiolas de passarinho numa sala de aula? É uma coisa bem esquisita, mas está aí para mostrar uma característica importante do "pedagogo", ou seja, do professor.

Quando concebe suas personagens, o romancista também aproveita muitos elementos reais de pessoas que ele conhece ou apenas viu passar na rua. E acrescenta detalhes essenciais para marcar bem os aspectos mais relevantes da história que deseja contar.

No romance *Dom Casmurro* (1900), uma das maiores obras-primas de nossa literatura, Machado de Assis descreve Capitu, uma de suas criações mais extraordinárias. Ele nos diz que na adolescência Capitu era uma menina "alta, forte e cheia, apertada em um vestido de chita, meio desbotado". Que tinha "cabelos grossos, feitos em duas tranças, com as pontas atadas uma à outra, à moda do tempo". Que era "morena", de "olhos claros e grandes, nariz reto e comprido", "a boca fina e o queixo largo".

Até aí nada nos sugere a personalidade de Capitu. Porém, mais adiante, no mesmo romance, Machado nos diz que sua personagem tinha "olhos de cigana oblíqua e dissimulada". E com isso nos leva a esperar que, ao longo da história, Capitu faça alguma coisa errada e se finja de inocente.

Esses olhos são um detalhe fundamental na caracterização da personagem. E não são olhos que Machado de Assis andou encontrando na rua a todo instante. Ele os imaginou para com pouquíssimas palavras definir o caráter de Capitu.

Da mesma forma que compõe suas personagens com elementos da imaginação e da realidade, o romancista também cria o enredo, ao menos em parte, reformulando fatos da vida real, selecionando e "cruzando" histórias de várias

Mendigos, bêbados, cantores de rua e outros personagens comuns nas cidades grandes já inspiraram muitos artistas.
É o caso do pintor francês Édouard Manet, que entre 1865 e 1869 retratou este velho trapeiro.
(*O trapeiro*, óleo sobre tela, 194,9 x 130,2 cm)

pessoas que ele conhece ou sobre as quais leu ou ouviu falar.

Você também pode escrever histórias. Basta observar o que acontece a sua volta, dar asas à imaginação e à sensibilidade. Repare, por exemplo, naquele mendigo que você vê todos os dias, quando vai para a escola. Não fique encarando o coitado do homem, mas olhe para ele discretamente, procure registrar na memória alguns traços marcantes de seu rosto, alguns detalhes de sua roupa. O jeito dele sugere um sujeito bondoso e inteligente, ou um brutamontes? E como será que ele caiu na miséria? Perdeu o emprego, não achou outro, começou a beber, foi abandonado pela mulher...? Invente uma história para ele.

Mestre Machado de Assis

Numa casinha pobre do morro do Livramento, no Rio de Janeiro, moravam uma lavadeira e um pintor de paredes. Uns dizem que ela era branca, e ele, mulato. Outros afirmam que ambos eram mulatos. De qualquer modo, no dia 21 de junho de 1839 a lavadeira deu à luz um menino mulato, que o pintor de paredes registrou com o nome de Joaquim Maria Machado de Assis.

A lavadeira morreu logo, deixando o filho ainda pequeno. O pintor de paredes se casou de novo e pouco depois morreu. A viúva tratou então de ganhar a vida fazendo doces e balas.

Joaquim Maria ficou sozinho com a madrasta. Era um menino magro, sem graça, tímido, gago. Parecia que nunca ia ser alguma coisa na vida. Mas só parecia. Pois era muito inteligente e tinha uma vontade enorme de aprender — aprender de tudo.

Foi assim que aprendeu a falar francês com uma senhora que tinha uma confeitaria onde ele ia entregar os doces feitos pela madrasta. Foi assim que aprendeu latim com um padre seu amigo. Foi assim que devorou todo livro que lhe caiu nas mãos. Foi assim que conheceu a obra de alguns dos maiores escritores europeus de todos os tempos. E foi assim que se tornou o astro maior da literatura brasileira.

© ICONOGRAPHIA-REMINISCÊNCIAS

Estátua de Machado de Assis.

O caminho foi difícil, mas valeu a pena — para ele e para nós.

Aos dezesseis anos de idade Joaquim Maria parou de vender doces pela rua e se empregou como aprendiz de tipógrafo na Imprensa Nacional. Dali foi trabalhar primeiro na editora de um amigo e depois num jornal chamado Correio Mercantil, tendo como função ler e corrigir os erros que o tipógrafo eventualmente cometesse. Nessa função aperfeiçoou seus conhecimentos da língua portuguesa e conheceu vários jornalistas e escritores importantes da época.

Nos anos de 1860 escreveu muito para o teatro, começando com uma peça à qual deu o curioso título de Hoje avental, amanhã luva (1860).

No final dessa década casou-se com Carolina Xavier de Novais, uma senhora portuguesa muito fina e instruída. Ela também contribuiu para ampliar a cultura de Machado e aprimorar seu gosto ainda mais.

E então o gago e tímido Joaquim Maria desabrochou como o maior escritor brasileiro de todos os tempos. Tornou-se mestre Machado de Assis.

Escreveu uma série de romances, cada um melhor que o outro. Escreveu também uma infinidade de contos, cada qual uma obra-prima. E ainda fez poesias, crônicas do dia-a-dia, crítica literária. Uma verdadeira "fera" da literatura.

Em 29 de setembro de 1908, já plenamente consagrado como escritor, mestre Machado faleceu. Sofria de uma úlcera cancerosa, e não aguentou viver por muito tempo sem sua querida Carolina, que havia morrido em outubro de 1904.

A vida no palco

Quando lê um romance, você viaja pelo mundo do autor: imagina aquelas pessoas que ele descreve, as paisagens, os ambientes... Já quando assiste a uma peça teatral, você não precisa imaginar nada. As personagens e os cenários estão materializados no palco, diante de seus olhos.

Como na literatura, o texto é essencial no teatro, mesmo que os atores não abram a boca (nesse caso eles estariam representando com gestos uma história que teve de ser escrita por alguém).

Mas, ao contrário do que acontece com a literatura, no teatro o texto não é tudo. Você pode muito bem ler um livro, sozinho num canto, e imaginar à vontade. Também pode ler uma peça, sozinho do mesmo jeito, porém essa leitura solitária vai lhe dar apenas uma vaga idéia do que você veria no teatro. Porque uma peça só se realiza, só ganha vida, quando chega ao palco.

Quando escreve para o teatro, o autor já está pensando em todas as pessoas que serão necessárias para dar vida a seu texto. Seu trabalho de criação não termina no final da história, como no caso de um romance. O autor de um romance precisa de um editor para publicá-lo, de um livreiro para vendê-lo e de um leitor para lê-lo, porém o que ele apresenta é uma obra acabada.

O autor teatral, também chamado dramaturgo, precisa de muito mais gente; na verdade precisa de todo um batalhão de profissionais para mostrar o que escreveu. São atores, diretor, produtor, cenógrafo, figurinista, iluminador... Sem falar no público.

Vamos por partes.

Os passos do processo

Depois de escrever uma peça, o dramaturgo a leva para uma pessoa ligada ao teatro, geralmente um ator de prestígio ou um diretor. Essa pessoa lê o texto. Se não gostar, devolve-o, e o autor terá de procurar outros interessados. Se gostar, vai tratar de montá-lo, ou seja, de encená-lo para uma plateia, de preferência lotada e empolgada.

Suponhamos que essa pessoa é o diretor. Ao ler a peça, ele já fica pensando: "Puxa, Fulano vai ficar genial nesse papel! E esse aqui é ideal para Beltrana". O diretor procura os atores que gostaria de ver naqueles papéis e entrega uma cópia do texto para cada um.

Digamos que tudo corre às mil maravilhas. Os atores adoram a obra, identificam-se com suas personagens e no momento não têm nenhum compromisso que os impeça de participar do projeto.

© EDUARDO ALBARELLO/ABRIL IMAGENS

O diretor Ulysses Cruz, o ator Antônio Fagundes e a autora e atriz Mara Carvalho na leitura dramática da peça *Vida privada*.

Atuando como diretor teatral, o escritor Albert Camus ajoelha-se no palco para mostrar aos atores como acha que devem interpretar uma passagem de *O cavaleiro de Olmedo*, peça que o dramaturgo espanhol Lope de Vega elaborou em 1620 ou 1625.

Agora precisam de um produtor, de alguém que banque o espetáculo, quer dizer, que forneça o dinheiro para pagar despesas como a aquisição do material que será usado em cena, o aluguel do teatro, a contratação dos profissionais indispensáveis à montagem, a compra de espaço para publicidade nos jornais, revistas e TV...

Mais uma vez dá tudo certo, e o trabalho pode começar. Primeiro se faz uma leitura dramática: o diretor se reúne com o elenco em torno de uma mesa, e cada ator lê sua parte, já representando com a voz.

O diretor acompanha a leitura atentamente, intervindo sempre que acha necessário para corrigir uma entonação de voz, esclarecer dúvidas, propor debates.

Encerrada a leitura dramática, iniciam-se os ensaios, com os atores mergulhando de corpo e alma na interpretação de suas personagens.

O diretor tem a visão geral do espetáculo e, para conseguir o resultado que deseja, participa ativamente dos ensaios, representando de vez em quando para mostrar a cada integrante do elenco como deve atuar neste ou naquele momento. Alguns diretores simplesmente impõem sua opinião, porém a maioria conversa muito com os atores, explica-lhes o que tem em mente, escuta o que eles acham e todos chegam a um acordo (ou pelo menos é o que se espera).

A gravura do século XVIII mostra uma cena de *O avaro,* peça escrita em 1668 pelo dramaturgo e ator francês Jean-Baptiste Pocquelin, que adotou o nome de Molière. (Anmin-Didot, Cena de teatro).

Mas não é só com os atores que o diretor dialoga. Ele também expõe seus objetivos aos demais membros da equipe, explicando o que espera de cada um. E, como nem sempre as opiniões sobre o espetáculo coincidem, seguem-se as discussões e as trocas de ideias. Tudo acertado, o cenógrafo trata de criar os cenários adequados; o iluminador estuda as várias formas de usar a luz; o figurinista concebe as roupas que cada personagem terá de vestir; e assim por diante.

Depois de muito ensaio e muito esforço, a peça está pronta para ser apresentada ao público. Se atrair um número grande de espectadores, será um sucesso de bilheteria, e a venda dos ingressos não só pagará as despesas que não foram cobertas pelo produtor, como ainda renderá bons lucros.

Lance uma ideia em sua escola. Reúna uma turma para montar uma peça. É uma ótima experiência, pois, colocando-se na pele de uma personagem, você sai de si mesmo, esquece seus problemas e aprende a entender melhor essa complicada e maravilhosa criatura humana. Experimente.

Da farra nasce o teatro

Os gregos tinham muitos deuses, um para cada coisa: um para proteger as plantações, um para controlar os mares, um para favorecer a sabedoria, e por aí afora.

Mas havia um deus muito especial, que inventou o vinho. Ele se chamava Dioniso (Baco, para os romanos). Diz a lenda que um dia estava descansando numa beira de estrada quando viu uma cabra comendo umas frutinhas redondas. Dali a pouco a cabra começou a pular e a berrar feito uma doida. Dioniso pensou: "Aí tem coisa!". E foi lá, pegou uma porção daquelas frutinhas, amassou bem e bebeu. Não deve ter sido assim, porque entre amassar a uva e beber o vinho é preciso fazer muita coisa e esperar um bom tempo. Mas lenda é lenda e não tem nenhum compromisso com a realidade.

O caso é que os devotos de Dioniso viviam em festa, bebendo, comendo, cantando e dançando. Era uma farra.

Um dia, conta a lenda, durante uma dessas festas apareceu um indivíduo chamado Téspis. Ele chegou numa carroça coberta, onde guardava uma porção de máscaras, perucas, roupas. Então, enquanto os devotos estavam entretidos na celebração de Dioniso, lá dentro da carroça Téspis começou a se transformar em outra pessoa, numa personagem: cobriu o rosto com uma das máscaras, botou uma bela peruca na cabeça e vestiu um manto todo bordado.

Quando acabou de se arrumar, levantou a cobertura da carroça e deu um berro. Silenciaram os risos, os gritos, a cantoria. Todo mundo já estava bastante bêbado, mas ainda assim conseguiu prestar atenção naquela figura esquisita.

Foi então que Téspis falou: "Eu sou Dioniso. Escutem bem minha história". E começou a contar a lenda do deus do vinho, fingindo sentir todas as emoções que o próprio Dioniso teria sentido durante suas andanças pelo mundo das criaturas mortais.

Assim Téspis criou o teatro, no século VI antes de Cristo. Com o tempo foi se aperfeiçoando: ampliou os assuntos que abordava, passou a escrever suas peças, aprendeu a trocar rapidamente de máscara, roupa e peruca e chegou a representar sozinho todas as personagens de uma mesma peça. E, sempre viajando com sua carroça, levou sua arte a praticamente todas as regiões da Grécia.

Cena de comédia grega antiga (detalhe de vaso grego). Os atores, tal como nesta representação, usavam enchimento para parecer barrigudos e grotescos.

Com sete notas apenas...

Você já reparou que criança adora fazer barulho? Mas às vezes não é só barulho que criança faz. Preste atenção num bebezinho, por exemplo, que nem sabe falar. Pois ele já fica lá no berço repetindo dá-dá-dá ou mã-mã-mã, e de repente você percebe que aquela cantilena até que tem uma certa melodia. O nenê está cantando! E, quando começa a bater palminhas ou a sacudir os chocalhos, mostra que também tem ritmo.

Com ritmo e melodia ele está fazendo música — bem primitiva, é verdade, mas não deixa de ser música.

Cópia de pintura egípcia antiga que mostra quatro instrumentos musicais dos tempos dos faraós (da esquerda para a direita): harpa, alaúde, oboé duplo e lira.
Fonte: Yehudi Menuhin e Curtis W. Davis.

Essa é uma das razões pelas quais muita gente acredita que a música é a arte mais antiga do mundo. Se o bebê faz música naturalmente, por que nosso antepassado da caverna, que sob certos aspectos era um nenezão crescido, não haveria de fazer?

Os arqueólogos, aqueles profissionais que escavam a terra procurando restos de um passado distante, encontraram uns pedaços de ossos meio esquisitos que podem ter sido os primeiros instrumentos musicais da humanidade.

Mas isso é só uma hipótese. O que sabemos com certeza é que há mais de três mil anos já se fazia música no Egito dos faraós. E sabemos disso porque várias pinturas do Egito antigo mostram pessoas tocando tambor, flauta, harpa e outros instrumentos.

A música também esteve presente na Grécia antiga, muitos séculos antes de Cristo. Os gregos daquela época remota adoravam produzir vasos pintados, dos quais uma grande quantidade chegou intacta até nossa época e hoje se encontra em vários museus do mundo. Pois muitos desses vasos exibem figuras de homens e mulheres tocando lira, flauta, pandeiro...

Já vimos que os gregos tinham muitos deuses. Entre eles havia um que protegia a música; chamava-se Apolo e, além da extraordinária beleza física, possuía a habilidade de tocar maravilhosamente todos os instrumentos musicais. Nesse ponto ninguém jamais poderia competir com ele. Um dia, no entanto, um tal de Mársias falou que era um flautista muito melhor do que Apolo, e o deus da música ficou tão furioso que lhe arrancou o couro — literalmente. Pelo menos é o que diz a lenda.

Detalhe de um vaso grego pintado por Nícias no século IV a.C. com figuras de músicos.

O problema da notação

No teatro grego a música também estava sempre presente, cantada e tocada. Mas o sistema de notação musical — em outras palavras, o modo de registrar a melodia — era muito complicado: os gregos usavam letras de seu alfabeto para representar o tom e a duração dos sons, bem como as pausas da melodia.

Ao longo dos séculos os músicos tentaram criar um sistema de notação mais simples e funcional, porém em geral só contribuíram para complicar ainda mais a situação.

Até que no século XI o monge italiano Guido d'Arezzo (c.997-c.1050) conseguiu acabar com a confusão. Organizou os sistemas de notação musical existentes e deu nome para as notas: ut, ré, mi, fá, sol, lá, si. Depois esse "ut" virou "dó"; as outras notas mantiveram os mesmos nomes.

Também se pode designar as notas por letras, começando pelo "lá", que nesse esquema vira "A". Nas músicas para violão, por exemplo, você encontra a marcação A, B, C, D, E, F, G, correspondente a lá, si, dó, ré, mi, fá, sol.

As notas são escritas no pentagrama, ou pauta, que é um conjunto de cinco linhas horizontais e quatro espaços, e o registro de uma peça musical inteira constitui uma partitura.

Partitura do século XIII.

Existem apenas sete notas musicais, como você percebeu, mas com elas se fez e se faz muita coisa.

As notas são mais ou menos como as palavras que estão no dicionário. Todos nós usamos essas palavras, porém as combinamos de maneiras diferentes. Para isso seguimos as normas da gramática.

Para combinar as notas e compor uma música também é preciso seguir as normas — só que essas normas são tantas que não caberiam em nossa pequena viagem. Por enquanto basta você saber o que eu expliquei e mais o que vou explicar em seguida.

Vozes e instrumentos

A música pode ser vocal ou instrumental. Pelos nomes você já entendeu que a vocal é executada com a voz e a instrumental, com instrumento. Nos dois casos podemos ouvir uma única pessoa, um pequeno conjunto ou um grupo grande.

Na música vocal, quando só uma pessoa ou um pequeno conjunto se apresenta, quase sempre é com o acompanhamento de um ou mais instrumentistas. Quando um grupo grande de cantores — um coral — se apresenta, pode

Partitura de "Elegia", do comppositor brasileiro Claudio Santoro (1919-1989).

ou não haver acompanhamento instrumental. Já um instrumentista, tocando sozinho, num pequeno conjunto ou num grupo grande de músicos, não precisa necessariamente de elementos vocais.

Recital de canto com acompanhamento instrumental: a cantora neozelandesa Kiri Te Kanawa e o pianista Roger Vignoles no Teatro Cultura Artística, São Paulo, em setembro de 1993.

Os componentes da orquestra

Um grupo grande de músicos — mais de cinquenta, digamos — forma a orquestra. Na frente da orquestra fica um pequeno estrado, chamado pódio, onde se posiciona o maestro, ou regente, que é a pessoa encarregada de dirigir os músicos, ou seja, de determinar como eles devem tocar: mais depressa, mais devagar, mais forte, mais suave, e assim por diante. Para sinalizar as diferentes maneiras de tocar, o maestro usa uma vareta fina, de uns cinquenta centímetros de comprimento, chamada batuta; mas também pode usar apenas as mãos.

Tradicionalmente a orquestra se compõe de três tipos de instrumentos: de corda, de sopro e de percussão. Existem outros critérios para classificá-los, porém esse é o mais comum.

Os instrumentos de corda são tocados com arco ou com os dedos. Vamos ver primeiro os que são tocados com arco: violino, viola (que não tem nada a ver com a viola usada na música sertaneja), violoncelo e contrabaixo. Todos eles se parecem muito: olhando-os pela primeira vez você pode achar que a única diferença entre eles é o tamanho.

O violino é o menor dos quatro e também o que tem os sons mais agudos. A viola é um pouco maior que o violino e tem um som ligeiramente mais grave. O violoncelo é muito maior que a viola e tem um som bem grave e aveludado. Por fim o contrabaixo parece um violoncelo maior e tem um som gravíssimo.

Para tocar o violino ou a viola o músico apoia a base do instrumento no ombro, junto ao pescoço, e produz os tons pressionando com os dedos da mão esquerda as cordas que se estendem sobre a haste e fazendo-as vibrar com o arco, que segura na mão direita.

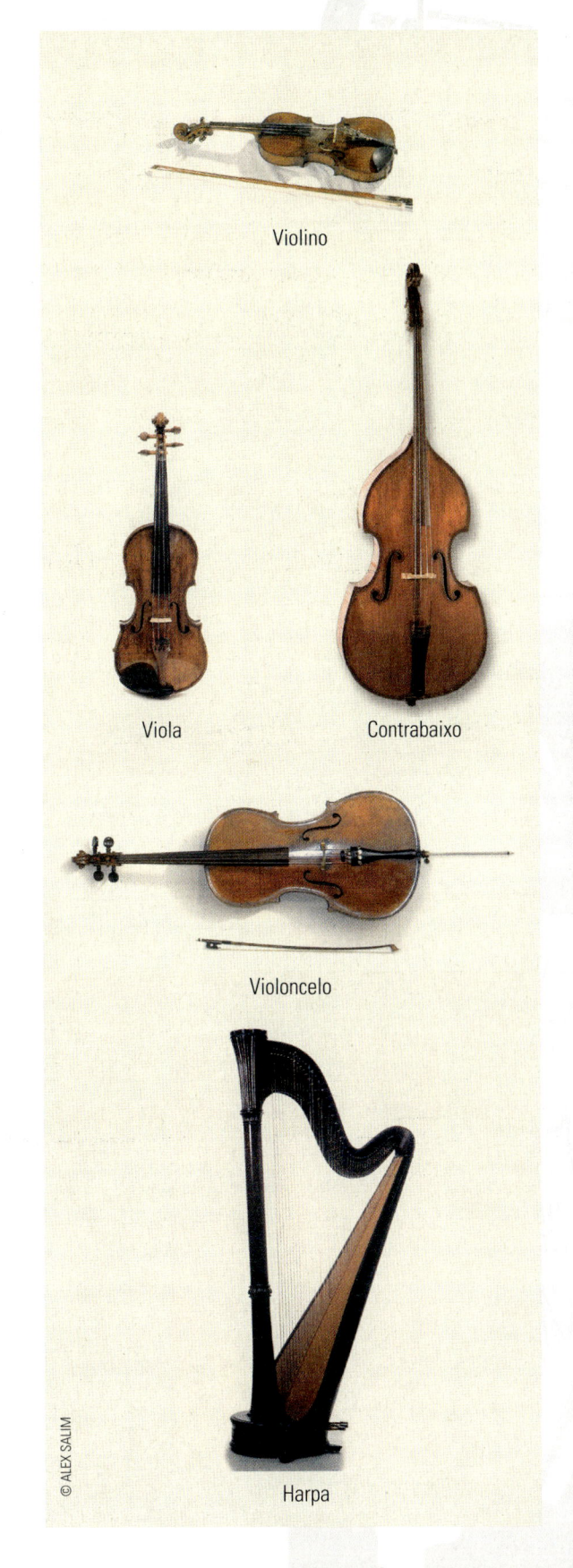

Violino

Viola

Contrabaixo

Violoncelo

Harpa

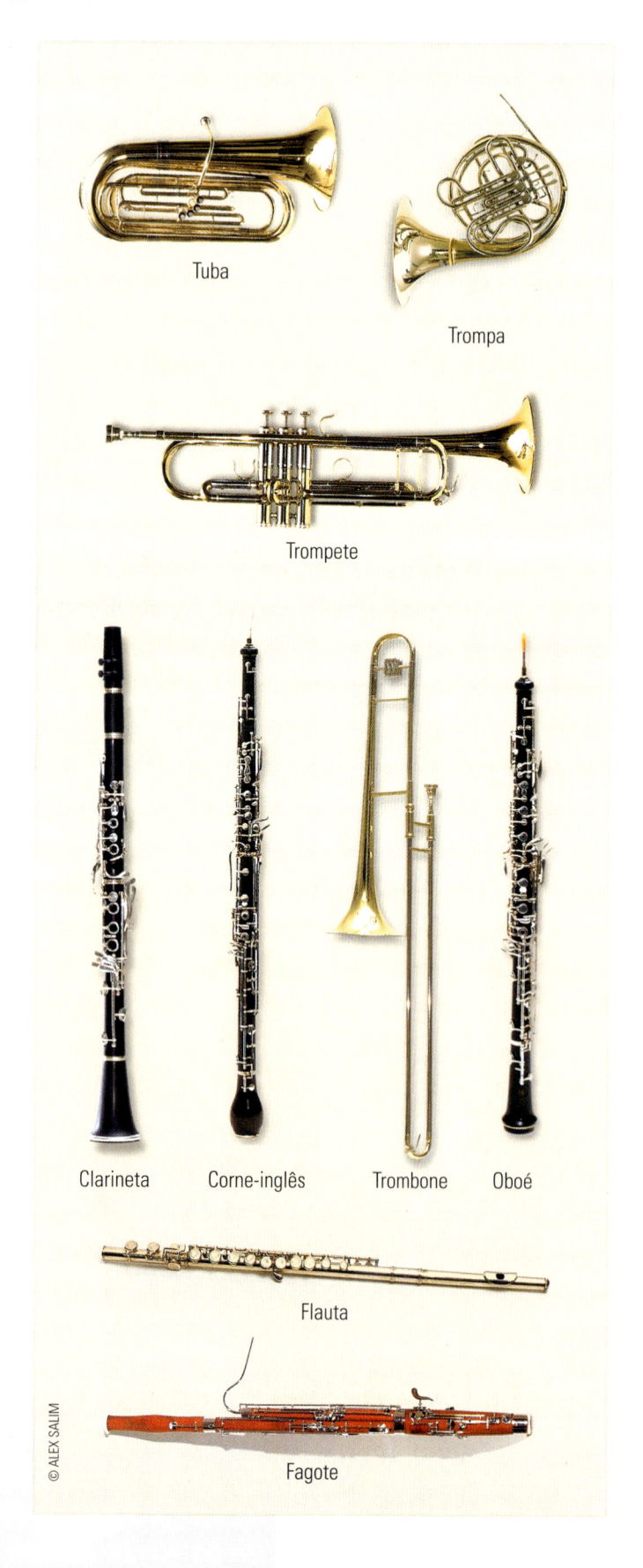

Tuba

Trompa

Trompete

Clarineta   Corne-inglês   Trombone   Oboé

Flauta

Fagote

Para tocar violoncelo ou contrabaixo o músico em geral procede da mesma forma, só que apoia a base do instrumento no chão.

As cordas dedilhadas, ou seja, tocadas diretamente com os dedos, são as da harpa. Outros instrumentos, como o violão, também são dedilhados, mas não fazem parte essencial da orquestra.

Os instrumentos de sopro são mais numerosos que os de corda e dividem-se em dois grupos, chamados de madeiras e metais.

As madeiras incluem a flauta, o oboé, a clarineta, o corne-inglês e o fagote. A flauta é um dos instrumentos mais antigos que existem e também o mais agudo desse grupo; embora hoje em dia seja feita de metal, tradicionalmente faz parte das madeiras. O oboé também foi inventado há muito tempo e parece um pouco com a flauta. Já a clarineta, o corne-inglês e o fagote têm um som mais grave e aveludado que a flauta e o oboé.

Entre os metais figuram o trompete, que é o mais agudo desse grupo, a trompa, o trombone e a tuba, que é o mais grave de todos. A parte principal desses instrumentos é o tubo, e quanto maior o tubo mais grave o som.

Agora só falta falar dos instrumentos de percussão, que o músico toca percutindo — em geral com baquetas, ou varetas — para marcar ou acentuar o ritmo. O líder desse grupo é o tímpano, uma espécie de tambor; compõe-se de uma caixa metálica arredondada que tem na parte superior uma pele bem esticada, na qual o músico bate com umas baquetas chamadas bilros; geralmente há na orquestra de dois a quatro tímpanos.

O grupo inclui também o xilofone, formado por lâminas de madeira de comprimento variado; o triângulo, uma simples vareta de ferro dobrada em forma de triângulo, como o nome indica; e o bombo, ou bumbo, que não passa de um tambor bem grande. Existem ainda os pratos, dois círculos de metal com mais ou menos cinquenta centímetros de diâmetro, que são tocados comumente batendo-se um no outro.

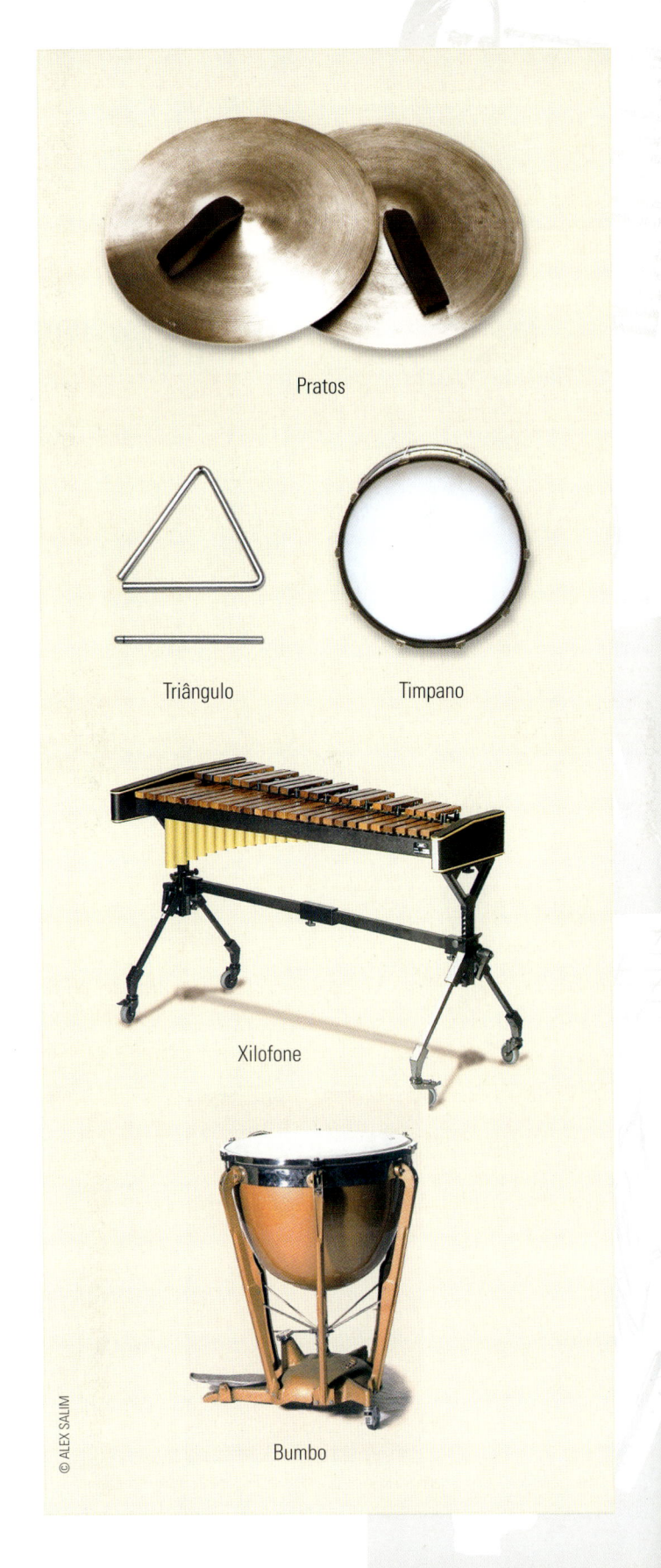

Pratos

Triângulo

Timpano

Xilofone

Bumbo

Quando você assistir a um concerto — no teatro, numa praça, na televisão — repare que o maestro e os músicos da orquestra comumente se posicionam da mesma forma. Mais ou menos assim:

Conjunto de músicos de uma orquestra sinfônica.

Percussão
Sopro
Cordas
Maestro

Esquema da distribuição dos músicos de uma orquestra.

O divino Amadeus

Um dos maiores compositores de todos os tempos é o austríaco Wolfgang Amadeus Mozart (1756-1791), que aos cinco ou seis anos de idade já estava criando música. O pai dele, que sabia de seu extraordinário potencial, levava-o para se apresentar nos palácios da Europa. O menino tocava piano com o teclado coberto por um pano, decorava músicas enormes depois de ouvi-las uma única vez, impressionava todo mundo com sua habilidade.

No entanto era encarado mais ou menos como um cachorrinho de circo, daqueles que dançam de sainha para alegrar a criançada.

Depois que Mozart cresceu, as pessoas não achavam mais graça nele. Pouca gente entendeu que sua música estava muito além de seu tempo. Pouca gente percebeu a perfeição do que ele fazia.

E o engraçado é que Mozart não rompeu com nada, não transgrediu nenhuma das normas vigentes, não inventou nenhuma novidade chocante. Obedeceu ao regulamento da época, por assim dizer, porém dentro desses limites fez mais de seiscentas obras absolutamente originais e inconfundíveis.

Mozart aos sete anos de idade, em 1763. (Retrato atribuído a Pietro Antonio Lorenzoni, óleo sobre tela.)

Apesar disso, compositores infinitamente menores do que ele conseguiram um sucesso extraordinário em sua época e tiveram uma vida envolta em luxo e prestígio. Mozart não. Ele viveu mendigando um emprego, correndo atrás de encomendas musicais, contando os tostões. E morreu pobre. Tão pobre que foi enterrado como indigente, e ninguém nunca descobriu onde.

Só no século XIX é que se começou a perceber a grandiosidade de sua música, que nunca mais deixou de ser executada e aplaudida nos quatro cantos do mundo.

Uma coisa que até hoje intriga seus estudiosos e admiradores é o fato de Mozart ter composto tantas obras-primas sem fazer rascunho. Se para escrever uma redação de vinte ou trinta linhas você risca e rabisca até chegar ao resultado final, imagine como é compor uma música com até horas de duração para a orquestra inteira tocar... É um trabalho danado! E ele fazia isso passando direto para o papel a música que estava em sua cabeça.

O filme Amadeus, de Milos Forman, ganhador de oito prêmios Oscar em 1985, apresenta uma visão bem romanceada do compositor, ressaltando demais um lado moleque de sua personalidade. Mesmo assim pode lhe dar uma ideia de como Mozart viveu, de como compôs suas obras-primas e de como é sua música. O filme está disponível em vídeo e é recomendável para todas as idades, além de ser lindíssimo — visualmente e... sonoramente.

Representar cantando

Ainda há pouco vimos que os gregos da Antiguidade utilizavam em suas representações teatrais música tocada e cantada. Tendo em mente essa informação, no final do século XVI um grupo de músicos, escritores e intelectuais de Florença, na Itália, resolveu reconstituir o antigo teatro grego. O grupo não conseguiu seu objetivo, mas inventou a ópera, uma manifestação artística extremamente original, que reúne música e texto para apresentar uma história.

O trabalho de composição

O primeiro passo para a composição de uma ópera é a existência de uma encomenda. Até o final do século XVIII essa encomenda costumava partir de um soberano ou de um nobre que desejava encenar um espetáculo novo para simplesmente

Embora fossem mais frequentes nos primeiros séculos da ópera, os temas bíblicos não desapareceram do teatro lírico nos séculos seguintes. Exemplo disso é *Sansão e Dalila*, a ópera mais conhecida do compositor francês Camille Saint-Saëns, que estreou em 1877.

entreter sua corte ou para festejar um acontecimento, que tanto podia ser uma vitória militar ou uma coroação, quanto um aniversário ou a inauguração de um jardim. Depois a encomenda passou a ser feita por um empresário teatral ou pelo diretor de um teatro de ópera, interessados em variar o repertório — para não ficar apresentando sempre as mesmas obras. Assim que recebia a encomenda, o compositor tratava de procurar um assunto que não só o inspirasse, mas também fosse capaz de agradar o público. Nos primeiros séculos da ópera esse assunto geralmente saía da mitologia grega ou romana, da História antiga ou da Bíblia; mais tarde era retirado, com frequência, de um romance ou de uma peça teatral contemporânea.

A etapa seguinte consiste em providenciar um texto. Novamente o final do século XVIII é um marco. Até então o compositor comumente se servia de um texto já existente, que podia ter sido usado por vários colegas em outras óperas. Depois só aceitava trabalhar com um texto novo, escrito especialmente para ele. Alguns compositores, como o alemão Richard Wagner (1813-1883), escreviam seus próprios textos. A maioria, porém, optava por contratar um poeta ou um dramaturgo especializado nesse tipo de trabalho.

© KEN HOWARD/PAL-KEYSTONE

Wagner foi um dos poucos compositores de ópera que preferiram escrever seus próprios libretos. Uma de suas obras mais famosas é *Lohengrin* (1850), que inclui uma marcha nupcial executada até hoje em cerimônias de casamento ao redor do mundo (Teatro da Ópera de Los Angeles, set. 2001).

73

Impresso posteriormente na forma de um livrinho, que permitia ao espectador acompanhar, palavra por palavra, a ação apresentada no palco, o texto de ópera recebeu o nome de libreto. Quanto a seu autor, passou a ser chamado de libretista.

Hoje em dia o espectador não precisa mais de libreto para assistir a uma ópera, pois tanto no teatro quanto nas gravações em vídeo há legendas, como nos filmes em língua estrangeira. Para ouvir uma ópera, no entanto, o libreto continua sendo tão imprescindível que invariavelmente acompanha a gravação.

A distribuição dos papéis

Na ópera os cantores atuam da mesma forma que os atores numa peça inteiramente falada, mas têm de expressar-se no andamento da música. Se tiverem um branco, não dispõem de nenhum tempo para lembrar-se do texto, pois a música não pode parar.

Ao contrário do teatro falado, ou teatro de prosa, em que a adequação dos atores aos papéis se define de acordo com o tipo físico ou a idade, no teatro de ópera, ou teatro lírico, os papéis são distribuídos de acordo com a voz. Assim, a mocinha, que no teatro de prosa seria normalmente representada por uma atriz jovem e linda, no teatro de ópera pode ser vivida por uma cantora madura e feia, desde que ela tenha a voz adequada.

Existem basicamente seis vozes: três femininas e três masculinas. As femininas, indo da mais aguda para a mais grave, são as de soprano, meio-soprano e contralto. As masculinas, também indo da mais aguda para a mais grave, são as de tenor, barítono e baixo.

O soprano costuma interpretar a mocinha; o meio-soprano com frequência se encarrega dos papéis de vilã, de mãe ou de rainha; e o contralto, uma voz rara, em geral faz a bruxa ou a anciã. No lado masculino, o tenor comumente é o herói, formando par romântico com o soprano; o barítono quase sempre encarna o pai ou o vilão, rivalizando, neste último caso, com o tenor; e o baixo costuma representar o rei, o sacerdote, o profeta.

Esses cantores atuam em teatros muito maiores que aqueles onde se encenam peças faladas. E não contam com a ajuda de microfones. Para fazer sua voz chegar aos ouvidos dos espectadores sentados a uma grande distância do palco, eles tiveram de passar anos de sua vida aprendendo técnicas específicas de canto e estão constantemente se exercitando.

Interior do antigo Metropolitan Opera House de Nova York, em novembro de 1954. Um dos maiores e mais importantes teatros de ópera do mundo, o Metropolitan foi inaugurado em outubro de 1883 e em setembro de 1966 mudou de endereço.

Uma ópera envolve geralmente um número muito grande de cantores, pois, além dos intérpretes principais e secundários, há os membros do coro, que atuam como cortesãos, ciganos, camponeses, moradores de uma aldeia e todo tipo de grupo que você imaginar. Eventualmente inclui também bailarinos, que se apresentam, por exemplo, em cenas de festas ou de cerimônias religiosas.

Sua montagem, frequentemente grandiosa, requer os mesmos profissionais que trabalham para o teatro de prosa. Você lembra quais são? Diretor, cenógrafo, iluminador, figurinista, etc.

Em comparação com países de sólida tradição operística, como a Itália ou a Alemanha, montam-se poucos espetáculos desse gênero no Brasil.

Mas existe ópera em vídeo, e de vez em quando algumas emissoras de televisão apresentam espetáculos líricos. Procure ver. Quem sabe se você não se apaixona por essa forma de arte e, assim, contribui para que nosso teatro de ópera se mantenha mais ativo?

Aquarela colorida do cenário da casa de Donna Anna.

Figurino para a ópera *Don Giovanni* criado em 1917. Metropolitan Opera, Nova York.

O cenógrafo e o figurinista desempenham papéis fundamentais na montagem de uma ópera. Em duas concepções distintas de *Don Giovanni* (1787), de Mozart, você vê um cenário e um dos vários trajes suntuosos usados pelo galante protagonista.

Campeãs de bilheteria

Algumas óperas estão sempre presentes nos teatros do mundo. Entra ano, sai ano, e elas continuam em cartaz, atraindo um público numeroso e apaixonado. Muita gente que já assistiu várias vezes a uma dessas óperas (ou a todas) volta a cada reestreia, ansiosa para ver de novo. Não me pergunte por quê. Eu não saberia dizer. Essas óperas não são "melhores" ou mais bonitas que outras menos apresentadas. Seu sucesso talvez se deva ao fato de conterem melodias fáceis de memorizar ou de apresentarem uma história particularmente cativante, engraçada ou dramática.

Tão curioso quanto o motivo de seu eterno sucesso é o fracasso que algumas dessas campeãs de bilheteria, como La Traviata (1853), de Giuseppe Verdi (1813-1901), e Madama Butterfly (1904), de Giacomo Puccini (1858-1924), experimentaram em sua estreia.

Um exemplo famoso é Il Barbiere di Siviglia (O barbeiro de Sevilha), de Gioachino Rossini (1792-1868), que estreou em Roma em 20 de fevereiro de 1816. Durante a apresentação, um dos cantores principais resolveu se acompanhar ao violão, mas uma corda do instrumento se rompeu de repente, provocando o riso da plateia.

Cena do primeiro ato de *La Traviata*, numa montagem londrina de 1996.

Cena do primeiro ato de *Madama Butterfly* num ensaio geral do espetáculo apresentado em 1980 na Ópera de São Francisco, EUA.

Outro cantor tropeçou ao entrar em cena e caiu de cara no chão, machucando o nariz. Mesmo assim, prosseguiu com sua interpretação, só que precisou segurar um lenço no rosto para conter o sangue do nariz; assim, abafou a própria voz e levou uma sonora vaia.

Mas o pior aconteceu quando um gato entrou no palco e, depois de correr de um lado para o outro, sem saber para onde ir, resolveu se abrigar embaixo da saia da cantora principal. Foi o quanto bastou para o público se pôr a rir estrepitosamente e a… miar. Deve ter sido uma bagunça…!

Cena do segundo ato de *Il Barbiere di Siviglia*, numa produção londrina de 1998.

As voltas que a dança dá

Você deve estar lembrado de que no começo desta nossa pequena viagem, quando estávamos lá nas cavernas pré-históricas, vimos que a dança bem pode ter sido a arte mais antiga que o homem inventou.

Dançar parece uma coisa natural. Mais uma vez vou dar o exemplo da criança. Mal consegue andar, ela já começa a mexer o corpo, trocar passinhos e bater palmas quando ouve uma música animada. Ou até sem ouvir música nenhuma, só marcando o ritmo com as mãos e cantarolando uma melodia.

Um giro pelo tempo…

Com nosso antepassado das cavernas também deve ter sido mais ou menos assim. Ele batia palmas, cantava e dançava. Depois que fez osso virar flauta, aí é que não parou mais de dançar.

Parece que ele dançava por dois motivos. Um era agradar os deuses e pedir coisas ou agradecer: uma boa caçada, um pouco de chuva, o fim de uma nevada. O outro era o puro prazer, a vontade de expressar alegria, de celebrar um casamento ou uma vitória sobre o inimigo.

A dança dirigida aos deuses era religiosa, ou sagrada, e até hoje existe entre os povos primitivos e também entre comunidades civilizadas. Um exemplo disso é a dança de São Gonçalo, em que os devotos se organizam em duas filas, rezam diante do altar e dançam durante horas, batendo palmas e sapateando.

A dança por puro prazer era profana, quer dizer, não tinha nenhuma relação com a divindade ou com a religião, e também existe até hoje. Quem é que não gosta de dançar?

Detalhe de vaso grego com cena de dança.

Os antigos gregos gostavam muito. Prova disso é o fato de que a dança estava sempre presente não só nas festas comuns de uma família ou de uma aldeia, como nas grandes cerimônias religiosas, políticas, militares, esportivas e artísticas.

Muitas dessas danças contavam uma história de um deus ou de um herói que todo mundo conhecia bem. Os dançarinos não falavam nada, mas quem assistia ao espetáculo sabia que personagens e fatos eles estavam representando.

Depois dos antigos gregos a dança decaiu e só recuperou o esplendor lá pelo século XV, quando se iniciou aquele período histórico conhecido como Renascimento, durante o qual os europeus tentaram, entre outras coisas, reviver a arte da antiga Grécia. Ricos e pobres, cidadãos e camponeses dançavam por qualquer motivo e até sem motivo nenhum.

... e um giro pelo espaço

Ao longo dos séculos cada país desenvolveu danças típicas que se conservaram até hoje.

Quando você vê uma espanhola com saia de babados, sapatos de tacão e aquele pente com mantilha na cabeça, já sabe que ela vai apresentar uma dança que só existe na Espanha. A guitarra e as castanholas não podem faltar. O ritmo é contagiante. E parece que nem um só músculo do corpo deixa de vibrar. Cada região da Espanha tem uma dança característica, que os dançarinos executam usando trajes típicos.

A mesma coisa acontece na Itália. Você com certeza já ouviu falar na tarantela, uma dança muito animada, cheia de saltos e reviravoltas, cujo ritmo é marcado por pandeiros, tambores e castanholas.

Pieter Bruegel gostava de retratar festas populares, em muitas das quais a dança estava quase sempre presente. É de sua autoria o quadro *Dança campestre*, elaborado em 1568 (óleo sobre tela, 113,9 x 164 cm).

Em seu quadro *Tarantela*, de 1886, Henrique Bernardelli conseguiu captar a vivacidade e o movimento dessa dança típica do sul da Itália (óleo sobre tela, ø 98 cm).

© MUSEU NACIONAL DE BELAS-ARTES, RIO DE JANEIRO

Dizem que a tarantela nasceu de uma picada de aranha. A história é a seguinte: uma aranha venenosa, chamada tarântula, picou uma pessoa, que começou a dançar freneticamente, como se tivesse enlouquecido. Depois disso o povo passou a acreditar que a picada da tarântula fazia até o mais carrancudo dos mortais sair dançando e que a tarantela o curava do veneno da aranha.

Eu mencionei os exemplos da Espanha e da Itália, mas evidentemente as danças típicas, bonitas e contagiantes, não se limitam a esses dois países.

© PABLO CORRAL V/CORBIS-STOCK PHOTOS

A saia de babados faz parte do espetáculo e enfatiza os rodopios característicos da dançarina espanhola.

Agilidade, muito ritmo e excelente preparo físico são alguns dos requisitos essenciais para um bom dançarino de frevo.

Nós temos o frevo, em Pernambuco, que os foliões apresentam segurando uma sombrinha aberta e fazendo uns movimentos incríveis com as pernas. Temos o samba, que todo mundo conhece muito bem. Temos o fandango, de origem espanhola, executado principalmente pelos gaúchos das áreas rurais. Temos a quadrilha, que surgiu na França e que até hoje brasileiros de norte a sul dançam nas festas juninas. Enfim, em termos de danças típicas, não ficamos devendo nada a ninguém.

A dança no palco

Além dessas danças típicas existe a que é apresentada no teatro, geralmente contando uma história ao som de música. Nesse caso os dançarinos são artistas que estudaram em escolas especializadas e tiveram de se exercitar muito para se apresentar no palco.

Depois de aprender bem as técnicas de sua arte, esses artistas podem escolher entre dois tipos de dança: o balé e a chamada dança moderna.

O balé surgiu na Itália, no século XV, e quase cem anos depois foi levado para a França, onde teve uma fase de ouro, no século XVII, quando o rei francês era Luís XIV (1638-1715) — tão apaixonado por balé que participava pessoalmente dos espetáculos. Mas esse ainda não era bem o balé que conhecemos hoje e que se firmou no século XIX.

Uma característica do balé é a sapatilha de ponta dura usada pelas mulheres, que dançam o tempo todo na ponta dos pés. Geralmente elas se apresentam com uma saia feita de várias camadas de tule, que tem o nome de tutu, e usam os cabelos presos num coque.

Outra característica do balé é a rigidez das normas que determinam os movimentos dos bailarinos. Ao entrar sozinha no palco, por exemplo, a bailarina se desloca ondulando os braços abertos e avançando com os pés quase juntos, sempre na ponta. Seus movimentos acompanham cronometricamente a música.

Todo espetáculo de balé conta uma história, com começo, meio e fim. Um escritor escreveu essa história, que ele pode ter inventado ou pode ter ido buscar numa lenda, numa obra literária ou numa peça teatral. E um compositor fez a música, já pensando nos movimentos que os bailarinos iriam executar no palco.

Um dos balés mais famosos é *O quebra-nozes*, do compositor russo Piotr Ilitch Tchaikovsky (1840-1893). Costuma ser apresentado na época do Natal, e nossas emissoras de televisão já o exibiram várias vezes. É muito bonito. Não deixe de vê-lo, se você tiver essa oportunidade.

CID

Figura clássica de bailarina, da cabeça à ponta dos pés.

© ANTÔNIO RIBEIRO/ABRIL IMAGENS

Cena do balé *O quebra-nozes*, apresentado no Teatro Municipal do Rio de Janeiro.

© ROBERTO LOFFEL/ABRIL IMAGENS

O Balé da Cidade de São Paulo num momento do espetáculo de dança moderna *Variações sobre um tema de Haydn.*

Já a dança moderna, que surgiu nas primeiras décadas do século XX, não usa sapatilha de ponta nem tutu, não tem normas rígidas e não conta necessariamente uma história. Muitas vezes os dançarinos se apresentam descalços, vestidos numa simples roupa de malha justa, e eventualmente dançam até sem música nenhuma — ou com uma música que está ressoando apenas em sua cabeça e que a plateia não ouve.

Uma dançarina revolucionária

Foi uma americana chamada Isadora Duncan (1878-1927) quem começou a revolucionar a arte da dança no palco. Ela escreveu um livro intitulado Minha vida, no qual conta que aos seis anos de idade criou uma escola de dança, tendo como alunas crianças do bairro onde morava, em São Francisco, Califórnia. Pouco depois, quando estava com dez anos, passou a ser procurada por várias famílias importantes da cidade que lhe pediam para ensinar dança a seus filhos.

Contudo, quando resolveu fazer carreira no teatro como dançarina, Isadora Duncan enfrentou muitos obstáculos, pois a maioria das pessoas não entendia o tipo de arte que ela estava

Em 1918 Isadora Duncan se apresentou na Itália num espetáculo promovido para ajudar as vítimas da Primeira Guerra Mundial.

propondo. Só ao fim de alguns anos ela conquistou a admiração e o carinho das plateias para as quais dançou na Europa e na América (inclusive no Brasil).

A dança devia ser a própria expressão da alma, e não uma exibição de técnica, pensava Isadora, que se apresentava sempre com uma túnica leve e os pés descalços ou calçados em delicadas sandálias. Isso lhe permitia total liberdade de movimentos e também indicava que sua inspiração vinha em grande parte da antiga Grécia, pois é assim que os dançarinos figuram nos vasos gregos.

Isadora Duncan teve uma vida cheia de amores, de sucessos e de tristezas. Certo dia, durante um passeio de automóvel por Nice, elegante balneário no sul da França, a echarpe que ela usava se enroscou numa das rodas traseiras do carro. Tudo aconteceu tão rapidamente que ninguém pôde fazer nada, e Isadora morreu estrangulada.

Construindo o belo e o prático

Experimente dar um passeio pelo centro de sua cidade e observar as construções. Você vai perceber que elas são muito diferentes entre si.

Aquele edifício do banco é bem alto e supermoderno, com a fachada toda de vidro e aço. Já o prédio onde funciona a prefeitura é velho e baixinho, tem umas estátuas esquisitas de cada lado da porta e das janelas. E aquele casarão no fundo da praça, com uns enfeites na base do telhado que mais parecem uns abacaxis de pedra?

Pois essas diferenças não saíram do nada. Elas são o resultado visível de outra arte muito antiga, chamada arquitetura — a arte de bem construir.

A pompa da Mesopotâmia

Parece que a arquitetura nasceu ao mesmo tempo no Egito e na Mesopotâmia, uma região do mundo antigo situada entre os rios Tigre e Eufrates, e que hoje corresponderia a uma parte do território do Iraque. Vamos começar pela Mesopotâmia, onde há milhares de anos vários povos desenvolveram uma arquitetura grandiosa.

Entre esses povos estavam os assírios. Guerreiros terríveis, possuíam enorme população de escravos e vasta riqueza, que obtiveram por meio de guerras constantes. Com isso construíram cidades maravilhosas, adornadas por templos altíssimos para a época e suntuosos palácios. Para decorar esses edifícios fizeram muitas esculturas, a maioria em baixo-relevo (quer dizer, as figuras são esculpidas sobre um plano com menos da metade de sua forma total).

De tanto guerrear, os assírios acabaram dominados pelos babilônios no século VII a.C. O poderio dos conquistadores durou menos de cem anos, mas foi tão grande que lhes permitiu fazer de sua capital, a Babilônia, uma cidade incrível, cercada em toda a volta por duas muralhas e repleta de palácios deslumbrantes.

A bela arquitetura desses povos se reduziu a ruínas sob a violência dos exércitos que os subjugaram. Apenas algumas obras de escultura sobreviveram intactas para atestar o esplendor de suas cidades.

O rei Assurbanípal caçando o leão, baixo-relevo assírio que atualmente está no Museu Britânico, em Londres (detalhe).

Baixos-relevos em tijolo esmaltado, com figuras de leões, como este, adornavam a rua mais importante da Babilônia.

Para os deuses e os faraós

Enquanto impérios surgiam e desapareciam na Mesopotâmia, os egípcios mantinham uma estabilidade política e econômica de dar inveja. Também edificaram palácios imponentes, mas se destacaram mesmo foi na construção de templos, obeliscos e sepulturas.

Um de seus templos mais suntuosos foi erguido na cidade de Lúxor entre os séculos XV e XIII a.C. e era dedicado ao deus Amon, na época a divindade suprema do país. Logo na entrada desse templo ficava um dos obeliscos mais célebres do Egito. (Obelisco é um monumento de quatro faces, muito alto, feito em geral de uma pedra só e elevado sobre um pedestal; é todo recoberto de inscrições que, entre outras coisas, informam o motivo pelo qual o construíram.) Quando conquistou o Egito, em 1798, Napoleão Bonaparte (1769-1821) levou o obelisco de Lúxor para Paris, onde até hoje se encontra, enfeitando a praça da Concórdia.

As sepulturas egípcias eram as pirâmides, tanto maiores quanto mais ricos e importantes fossem os indivíduos nelas sepultados. E em questão de riqueza e importância ninguém superava o faraó, que os egípcios veneravam não só como rei, mas também como um deus.

Mesmo em ruínas, o templo de Lúxor atesta a grandiosidade da arquitetura do antigo Egito.

Assim, foram três faraós da quarta dinastia — Quéops, Quéfren e Miquerinos — que, provavelmente no século XXVI a.C. (as datas são imprecisas), ergueram na cidade de Gizé as pirâmides mais célebres do império egípcio.

Os egípcios acreditavam que existia um reino dos mortos e que para chegar lá a pessoa que morria tinha de fazer uma longa viagem. Para acompanhar o falecido nessa viagem (principalmente quando ele era um faraó), encerravam nas pirâmides membros de sua família, bem como seus escravos favoritos e seus animais de estimação — todos vivos. Colocavam também alimentos e bebidas, objetos de ouro e pedras preciosas, pinturas, esculturas, instrumentos musicais — enfim, tudo que pudesse tornar a viagem o mais agradável

As pirâmides de Gizé, uma das sete maravilhas do mundo antigo e a única que o tempo não destruiu.

possível. O faraó ficava dentro de um sarcófago, ou seja, um caixão de madeira ou de pedra, ricamente adornado, tendo numa das extremidades a imagem esculpida do soberano, que podia ser fiel à realidade ou idealizada.

A Acrópole de Atenas

Foram os gregos, porém — outra vez os gregos —, que levaram a arquitetura ao apogeu. Eles construíram belíssimas cidades, com praças amplas, esplêndidos palácios, vastos teatros e templos magníficos.

Seus templos tinham forma retangular e muitas colunas, concebidas não como enfeite, e sim para sustentar o teto. Essas colunas apresentavam caneluras, ou sulcos verticais em toda a sua altura e terminavam no topo com folhagens ou figuras geométricas esculpidas na pedra. Às vezes essas colunas tinham forma de mulher e então se chamavam cariátides.

Uma das construções mais belas da Grécia e do mundo é a Acrópole de Atenas, um conjunto de quatro templos erguidos no alto de uma colina de onde se avistam a capital grega e o Mar Egeu. Esses quatro edifícios

O sarcófago de Tutancâmon, do qual você vê aqui uma parte, é de ouro incrustado com pedras preciosas e esmalte e tem mais de 1,80 metro de altura (c. 1347 a.C., Museu Egípcio, Cairo).

Pórtico das Cariátides, no Erectéion, um dos quatro templos da Acrópole de Atenas.

constituíam uma homenagem a Atena, deusa da sabedoria e da guerra e protetora da cidade nos tempos antigos.

O maior desses templos é o Partenon, um enorme retângulo todo cercado de colunas, que começou a ser edificado em 447 a.C. sob a supervisão geral do escultor Fídias (500-432? a.C.) e do arquiteto Ictinos (século V a.C.). O Partenon foi parcialmente destruído no final do século XVII, quando os turcos, que haviam invadido a Grécia, transformaram-no em paiol, e os venezianos, que estavam em guerra contra os turcos, explodiram o paiol.

Vista geral da Acrópole de Atenas, com o teatro de Herodes Atticus na base da colina, na parte inferior esquerda da foto. O edifício maior, no alto, é o Partenon.

A sede do catolicismo

Durante muitos séculos conceber grandes templos e palácios foi uma das funções básicas do arquiteto. Com o surgimento do cristianismo e a consolidação da Igreja Católica, os templos cederam lugar às igrejas no mundo ocidental.

A Basílica de São Pedro, em Roma, é a maior de todas as igrejas cristãs. Sua construção teve início em 1506 e concluiu-se mais de um século depois, em 1626. Numerosos arquitetos conduziram os trabalhos, destacando-se dentre eles Michelangelo Buonarrotti (1475-1564), um dos maiores gênios da história da arte, que se dedicou não só à arquitetura, mas também à pintura, à escultura e à poesia.

A Basílica de São Pedro, no Estado do Vaticano, em Roma, é um dos edifícios mais belos do mundo e abriga em seu interior tesouros de um valor incalculável.

O prédio do Museu de Arte de São Paulo (Masp), concebido pela arquiteta Lina Bo Bardi em 1967, representou imensa ousadia, por possuir um enorme vão livre: 74 metros.

© NAIR BENEDITO/N IMAGENS

O arquiteto atual

Hoje já não se constroem tantas igrejas e palácios como antigamente, mas os arquitetos continuam muito ocupados, idealizando mansões e vilas populares, hospitais e escolas, praças e jardins, edifícios comerciais e fábricas, teatros e museus — enfim, todo tipo de espaço onde as pessoas possam trabalhar, morar, divertir-se, aprender, tratar da saúde...

O arquiteto é um artista que conhece muito bem sua técnica, os materiais utilizados e as necessidades de cada construção segundo a finalidade a que se destina. Ele sabe que não dá para colocar um portão de ferro numa cerquinha de madeira, por exemplo.

Ao mesmo tempo em que seleciona os materiais com que vai trabalhar, o arquiteto trata de conceber a obra de acordo com sua finalidade. É uma escola? Então deve ter salas de aula suficientemente espaçosas, bem arejadas e iluminadas. Deve ter um ou mais pátios de recreio, se possível com bancos e árvores, bebedouros e cantina, pistas de jogos e brinquedos. Deve ter um número satisfatório de banheiros para professores, funcionários e alunos, bem como uma ala ampla para o pessoal da administração trabalhar e uma sala confortável para os professores descansarem nos intervalos entre as aulas. E que não faltem um refeitório funcional, onde será servida a merenda dos alunos, nem um salão de festas ou um auditório, onde se realizarão *shows*, concertos, espetáculos teatrais, cerimônias de formatura.

O arquiteto coloca suas ideias no papel, elaborando um desenho específico chamado projeto. E muitas vezes sofre por não poder concretizar tudo que imagina, principalmente quando se trata de um projeto como o que acabei de descrever e que iria beneficiar grande número de pessoas, mas acaba malogrando por falta de verba ou de interesse dos poderes envolvidos.

Mas não é só de materiais e finalidades que a arquitetura vive. Se fosse assim, ela não seria uma arte. O arquiteto projeta o prédio para, além de ter uma utilidade prática, ser também algo bonito. E para aliar funcionalidade e beleza ele cria e inventa — sempre tendo em vista a adequação dos materiais empregados e as necessidades de quem vai utilizar o espaço criado.

Nossa jovem capital

Pode ser que você nunca tenha ido a Brasília, mas com certeza já viu na televisão ou no jornal edifícios e lugares que constituem uma espécie de marca registrada de nossa jovem capital — e que se devem à genialidade de Oscar Niemeyer (1907), arquiteto carioca de renome internacional.

Um desses lugares é a Praça dos Três Poderes. Os dois edifícios altos são chamados de "blocos administrativos", e cada um tem 27 andares. Uma das conchas está emborcada e abriga a Câmara Federal, onde se reúnem os deputados federais. A outra tem a "boca" virada para cima e nela está instalado o Senado. As duas conchas têm capacidade de acomodar ainda 1.400 pessoas, além dos deputados e senadores.

O símbolo mais popular de nossa jovem capital é, talvez, o palácio da Alvorada, residência oficial do presidente da República. A fachada característica desse edifício inspirou muitos construtores pelo Brasil afora, na década de 1960.

© ROGÉRIO REIS/PULSAR

Congresso Nacional.
Brasília, DF.

O palácio da Alvorada, Brasília, DF.

Outro cartão-postal de Brasília é a Catedral. Trata-se de uma construção de placas de vidro e dezesseis colunas de extraordinária leveza que sustentam sua estrutura, sugerindo uma elevação até o infinito. Durante o dia o interior recebe luz natural, que, filtrando-se através da grade metálica das vidraças, forma delicados desenhos no piso despojado e claro.

Brasília começou a ser construída em 1956, no governo do presidente Juscelino Kubitschek (1902-1976), e foi inaugurada em 21 de abril de 1960, em homenagem a Tiradentes e aos demais heróis da Inconfidência Mineira. Em 7 de dezembro de 1987 nossa bela capital foi declarada patrimônio histórico da humanidade pela Unesco, a Organização para a Educação, Ciência e Cultura das Nações Unidas.

Vista externa da Catedral de Brasília, DF.

Para que serve a arte?

Agora que você já tem uma ideia geral das várias modalidades artísticas, talvez esteja se perguntando: "Para que serve a arte?". É natural que pergunte, pois, afinal, vivemos num mundo terrivelmente utilitarista, em que tudo precisa ter uma função. Pois saiba que a arte serve para muitas coisas — na verdade, para tantas que não vai ser possível conversarmos sobre todas elas neste nosso finalzinho de viagem.

Serve para embelezar nossa vida, começando pelo ambiente que nos cerca. Vamos supor que em sua casa exista um cantinho absolutamente sem graça, onde ninguém gosta de ficar. Experimente colocar na parede uma reprodução de um belo quadro. O cantinho com certeza se tornará mais atraente. E de repente você pode até querer se instalar ali nas horas vagas para admirar esse quadro, deixando que lhe transmita calma, otimismo, alegria. Melhor ainda se você o contemplar ouvindo uma boa música.

Partilhando experiências alheias

A arte serve para ampliar nossos horizontes. Suponhamos que, lendo um livro, você imagina as personagens criadas pelo autor, acompanha sua história, torce para que umas alcancem o que

O tocador de pífaro (óleo sobre tela, 160 x 97,7 cm), de Édouard Manet, é o tipo de quadro que pode embelezar um cantinho, tornando-o aconchegante e transmitindo uma sensação de tranquilidade.

pretendem e outras recebam o merecido castigo, sofre com elas, aflige-se e se empolga. Suponhamos ainda que você de certo modo conversa com o autor, discordando de alguma afirmação que ele faz, ou, ao contrário, aprovando uma ideia que ele expõe.

Se essas coisas acontecem, você está partilhando a experiência de vida do autor que escreveu o livro e das personagens que ele lhe apresenta. E, vivenciando situações que não fazem parte de sua vida — mas poderiam fazer —, você de alguma forma se completa, amplia seus horizontes, enriquece seu entendimento.

Assim, se um amigo lhe contar que os pais dele vão se separar, por exemplo, você talvez tenha mais condições de ajudá-lo a aceitar melhor a situação, porque por meio de um livro — ou de uma peça, um filme, uma poesia — você já vivenciou essa experiência, embora nunca a tenha vivido na realidade.

O absurdo e o real

Entendendo melhor as pessoas e as diversas situações em que elas muitas vezes se encontram, você se torna mais humano, mais capaz de perdoar as fraquezas dos outros (e as suas também). A arte pode lhe ensinar isso, desde que você se abra para ela, procure captar a verdade humana de uma obra, preste atenção nos detalhes que o artista lhe apresenta (esses detalhes não estão ali por nada, eles compõem uma circunstância, uma história, uma visão de mundo).

Às vezes a situação proposta pelo artista é absurda, porém a verdade humana de sua obra é indiscutível. Parece meio difícil, mas o exemplo do escritor tcheco Franz Kafka (1883-1924) pode nos ajudar.

Kafka escreveu, entre outros, um livro chamado *A metamorfose*, cujo protagonista acorda um dia de manhã transformado numa barata. Ele quer explicar essa transformação para a família, quer se fazer entender, mas não consegue. Ele se vê sozinho e sofre muito com isso.

Ora, a situação descrita por Kafka é absurda, pois ninguém se transforma em barata. Entretanto a experiência de querer se fazer entender e de se sentir sozinho é muito verdadeira. Ela pode acontecer com qualquer pessoa, e talvez já tenha acontecido com você também.

Testemunhas da História

Os fuzilamentos de três de maio, de Goya (1814, óleo sobre tela, 268 x 347 cm).

A arte muitas vezes nos proporciona uma visão imediata da realidade. Tomemos como exemplo o acontecimento histórico que o pintor espanhol Francisco de Goya (1746-1828) registrou em seu quadro *Os fuzilamentos de três de maio*.

Uma fileira de soldados dispara seus fuzis, sem dó, como se fossem uma máquina de matar. Alguns mortos estão caídos, uns sobre os outros, como coisas. O sangue empoça no chão. Um padre ajoelhado reza pela alma dos que tombaram e dos que ainda vão morrer. Vários homens cobrem o rosto com as mãos, horrorizados. Outros parecem conformados. Um homem de camisa branca ergue os braços e encara o pelotão de fuzilamento, como se o desafiasse.

O quadro nos mostra a violência de uma execução, a angústia dos condenados, a frieza dos carrascos. E com isso nos transporta ao momento histórico registrado pelo pintor, transformando-nos quase que em testemunhas desse trágico acontecimento. Ao mesmo tempo nos alerta para a ocorrência de atos tão sangrentos quanto esse e nos faz lembrar que infelizmente eles ainda se repetem nos dias de hoje.

Depois de observar com muita atenção essa obra genial, talvez você tenha ficado curioso para saber qual é o fato histórico que Goya retratou. Pois já lhe digo. Os soldados são franceses e estão fuzilando alguns dos patriotas espanhóis que em 1808 se rebelaram contra o soberano francês que Napoleão Bonaparte lhes impusera. A execução ocorreu nas proximidades de Madri, e da janela de sua casa Goya viu tudo, conforme afirmou na ocasião seu fiel criado.

A coragem da denúncia

A arte serve para apontar os desacertos dos homens, como Goya nos mostra naquele quadro tão vigoroso e carregado de emoção.

Quando existia escravidão no Brasil, muitos artistas usaram

seu talento para denunciar as condições desumanas em que os escravos viviam. Já nas primeiras décadas do século XIX — portanto, muito antes de se difundir entre nós o movimento abolicionista, que tinha por objetivo acabar com a escravidão —, artistas estrangeiros que visitaram o Brasil registraram em numerosos trabalhos os maus-tratos infligidos aos negros. Foi o que fez o francês Jean-Baptiste Debret (1768-1848), retratando

Em seu livro *Viagem pitoresca e histórica ao Brasil*, Debret explica que o tronco era um instrumento de castigo composto de duas peças de madeira presas uma à outra por uma dobradiça de ferro, trancadas com cadeado e munidas de orifícios onde se prendiam os pés, os punhos ou até o pescoço dos escravos (*Negros no tronco*, 1834-1839, litografia, 8,7 x 22,4 cm).

em várias gravuras aspectos da vida deprimente que os escravos levavam — como os horrendos castigos a que eram submetidos quando ousavam desagradar seus donos ou seus feitores.

Entre as criações abolicionistas de artistas brasileiros poucas sensibilizaram tanta gente e se popularizaram tanto como o romance *A escrava Isaura*, de Bernardo Guimarães (1825-1884), que na década de 1970 até virou uma telenovela, exportada para vários países. É bem verdade que a escrava do título foi criada como filha da família, não tinha traços de negra, tocava piano, falava francês e tudo o mais. No entanto sofria muito por causa de sua condição de escrava, e ao descrever esses sofrimentos o autor estava na verdade procurando convencer os leitores — e os políticos — de que a escravidão era (e é) absolutamente indigna e, portanto, não se podia (e não se pode) admiti-la em nenhuma hipótese.

© ADHEMAR VENEZIANO/ABRIL IMAGENS

Lucélia Santos e Rubens de Falco numa cena de *A escrava Isaura*, telenovela apresentada em 1976-1977.

Desempenhando todas essas funções — e ainda muitas outras que não pudemos examinar no decorrer de nossa pequena viagem —, a arte melhora a qualidade de vida das pessoas, individualmente e até coletivamente, quando consegue, com sua força e sua verdade, modificar o mundo em que vivemos — ou, pelo menos, apontar alguns caminhos para que nossos desacertos diminuam e nossos acertos se multipliquem.

A serviço da vida

Na cidade sueca de Halmstad estavam morrendo várias mulheres na hora de dar à luz e também vários bebês que acabavam de nascer. O médico Erich Bloch, diretor de uma grande maternidade local, não se conformava com esses índices de mortalidade e resolveu fazer alguma coisa para reduzi-los ao mínimo.

Depois de muito pensar e pesquisar, o doutor Bloch teve a ideia de gravar em fita uma música linda e suave e levar o gravador para a sala de partos. Assim que a primeira parturiente entrou ali, ele ligou o gravador.

A música se espalhou pela sala como a água fresca e cristalina de uma fonte num dia sufocante de verão. A parturiente pouco a pouco foi se acalmando, relaxando, e sem nenhum problema deu à luz um saudável bebê.

Homenagem a Mozart (Busto e violino), óleo sobre tela elaborado por Raoul Dufy em 1915.

A partir dessa experiência o doutor Bloch passou a ligar o gravador tão logo suas pacientes entravam em trabalho de parto. E com isso conseguiu fazer os índices de mortalidade caírem vertiginosamente.

Esse fato é real e foi noticiado em 1974 por um jornal da Alemanha. O redator da notícia informa que a música era de Mozart, porém não a identifica. Provavelmente se trata da segunda parte (ou segundo movimento, melhor dizendo) do concerto para piano número 21, que ouvimos com frequência em comerciais de televisão e que serviu de trilha sonora para um belíssimo filme sueco intitulado Elvira Madigan.

Conclusão

Pronto. Chegamos ao fim desta nossa pequena viagem pelo mundo maravilhoso da arte — uma pequena viagem, como eu disse várias vezes, porque o mundo da arte é imenso e nem me passou pela cabeça a pretensão de percorrer todos os seus caminhos. O que me propus neste trabalho foi tentar formular uma definição de arte, que poderá lhe servir de base para discussões e reflexões mais abrangentes, e também falar um pouco sobre as principais modalidades artísticas, contando sucintamente como surgiram e como se desenvolveram.

Espero que eu tenha contribuído para reforçar seu gosto pela arte, se você já descobriu que o tem, ou para despertá-lo, se ele está adormecido.

Procure exercitar sua sensibilidade lendo obras de grandes escritores, ouvindo boa música, assistindo a filmes e espetáculos de qualidade, contemplando os quadros dos mestres da pintura, observando os edifícios e os monumentos de sua cidade. Peça orientação a seus professores, troque ideias com seus colegas, fique sempre atento a toda criação artística.

Visite museus de arte. Se não existe nenhum onde você mora, vá à biblioteca local, abra um livro de arte e observe as obras com atenção. Não se preocupe muito em saber quem as elaborou. Deixe suas emoções fluírem, "sinta" a obra, e só depois procure se informar sobre ela.

Se você souber que em algum espaço de sua cidade está se realizando um evento artístico — uma exposição de artes plásticas, um concerto, um espetáculo teatral —, procure ir até lá. Reproduções, vídeos e discos são preciosos, porém ver ou ouvir arte ao vivo é mais emocionante.

Procure ler, em jornais ou revistas, o que os críticos têm a dizer sobre uma peça de teatro, uma música, uma ópera, um filme, um livro, um quadro. Eles conhecem a fundo as teorias e técnicas envolvidas na modalidade artística em que se especializaram e por isso têm condições de analisar e julgar uma obra, apontando seus defeitos e qualidades. Às vezes eles se enganam em seu julgamento, pois são humanos e estão sujeitos a erros, mas, de qualquer modo, podem ensinar você a conhecer melhor determinadas obras e, principalmente, a formar sua própria opinião.

"E se de repente eu quiser fazer arte?", você talvez se pergunte. Ótimo! Eu ficaria muito feliz se isso acontecesse.

"Será que eu tenho talento?". Espere aí, talento é um dom natural que se desenvolve com muito estudo e exercício. Se você acha que leva jeito para alguma forma de arte, vá em frente. Trate de se informar, estude muito (lembre-se de que não é só na escola que a gente aprende) e não desanime se no começo você não fizer nada que valha a pena mostrar para os outros.

De qualquer modo, curtindo arte ou fazendo arte, garanto que você vai ser uma pessoa mais completa e, quem sabe, mais feliz.

Bibliografia

ANDRONICOS, Manolis. *The Acropolis*. Atenas: Ekdotike Athenon S. A., 1977.

ARTE NO BRASIL (2 vols.). São Paulo: Abril Cultural, 1979.

BASTIDE, Roger. *Arte e Sociedade*. Tradução de Gilda de Mello e Souza. 2. ed. São Paulo: Companhia Editora Nacional/Editora da USP, 1971.

CAPUZZO, Heitor. *Cinema — A aventura do sonho*. São Paulo: Companhia Editora Nacional, 1986.

CHATFIELD-TAYLOR, Joan. *Backstage at the Opera*. São Francisco: Chronicle Books, 1982.

CLARK, W. G. e WRIGHT, W. Aldis (editores). *The complete works of William Shakespeare* (2 vols.). Garden City, Nova York: Nelson Doubleday, Inc., s/d.

COLI, Jorge. *O que é Arte?* São Paulo: Brasiliense, 1981.

DUNCAN, Isadora. *Minha vida*. Tradução de Gastão Cruls. 10. ed. Rio de Janeiro: José Olympio Editora, 1986.

FARIA, Octavio de. *Pequena introdução à história do cinema*. São Paulo: Livraria Martins Editora, s/d.

FEIST, Hildegard. *Mozart — A tragédia da ironia*. São Paulo: Companhia Editora Nacional, 1986.

FISCHER, Ernst. *A Necessidade da Arte*. Tradução de Leandro Konder. 9. ed. Rio de Janeiro: Editora Guanabara, 1987.

GÊNIOS DA PINTURA (5 vols.). São Paulo: Abril Cultural, 1968.

HINDLEY, Geoffrey (editor). *The Larousse Encyclopedia of Music*. Londres/Nova York: Hamlyn, 1978.

JACOBS, Arthur. *The New Penguin Dictionary of Music*. Middlesex, Inglaterra: Penguin Books, 1983.

JANSON, H. W. e ANTHONY, F. *Iniciação à história da Arte*. Tradução de Jefferson Luiz Camargo. São Paulo: Martins Fontes, 1988.

JANSON, H. W. e DORA JANE. *The story of painting*. Nova York: Harry N. Abrams, Inc., 1977.

JEFFERSON, Alan. *The glory of Opera*. Nova York: Exeter Books, 1983.

MAGALDI, Sábato. *Iniciação ao teatro*. São Paulo: Buriti, 1965.

MENDES, Miriam Garcia. *A dança*. 2. ed. São Paulo: Ática, 1987.

MENUHIN, Yehudi e DAVIS, Curtis W. *A música do homem*. Tradução de Auriphebo Berrance Simões. São Paulo: Martins Fontes/ Editora Fundo Educativo Brasileiro, 1981.

MESTRES DA MÚSICA. "A Vida dos Instrumentos Musicais", "Vocabulário da Música" e "Tchaikovsky, Delibes, De Falla, Stravinsky: a música de balé". São Paulo: Abril Cultural, 1979.

MIGUEL-PEREIRA, Lúcia. *Machado de Assis*. São Paulo: Companhia Editora Nacional, 1939.

MITOLOGIA (3 vols.). São Paulo: Abril Cultural, 1973.

PEREIRA, Niomar de Souza. *Folclore — teorias, conceito, campo de ação*. São Paulo: Companhia Editora Nacional, 1986.

PISCHEL, Gina. *Histoire mondiale de l'art*. Milão: Arnoldo Mondadori (edição francesa: Solar), 1976.

PRÉ-HISTÓRIAS DA PEDRA FURADA, documentário da TV Cultura. São Paulo, 1991.

SAGA — A GRANDE HISTÓRIA DO BRASIL (6 vols.). São Paulo: Abril Cultural, 1981.

VIGNAL, Marc (organizador). *Dictionnaire de la musique* (2 vols.). Paris: Larousse-Bordas, 1996.